Zauber kalt

Zauber kalt

Ein Märchen für Erwachsene

Teil 1
Bari in Inari

von Helmut Barthel

Helmut Barthel, "Zauber kalt", Teil 1
© Helmut Barthel
Alle Rechte vorbehalten

Rechte für diese Ausgabe:
MA-Verlag, Stelle-Wittenwurth
ma-verlag@gmx.de
2. Auflage 2016

Satz, Layout und Umschlaggestaltung:
MA-Verlag

Bildnachweise:
Alle schwarz-weiß Zeichnungen
vom Autor, © Helmut Barthel
Landkarten: Beate Schwab, © MA-Verlag

ISBN 978-3-925718-34-2

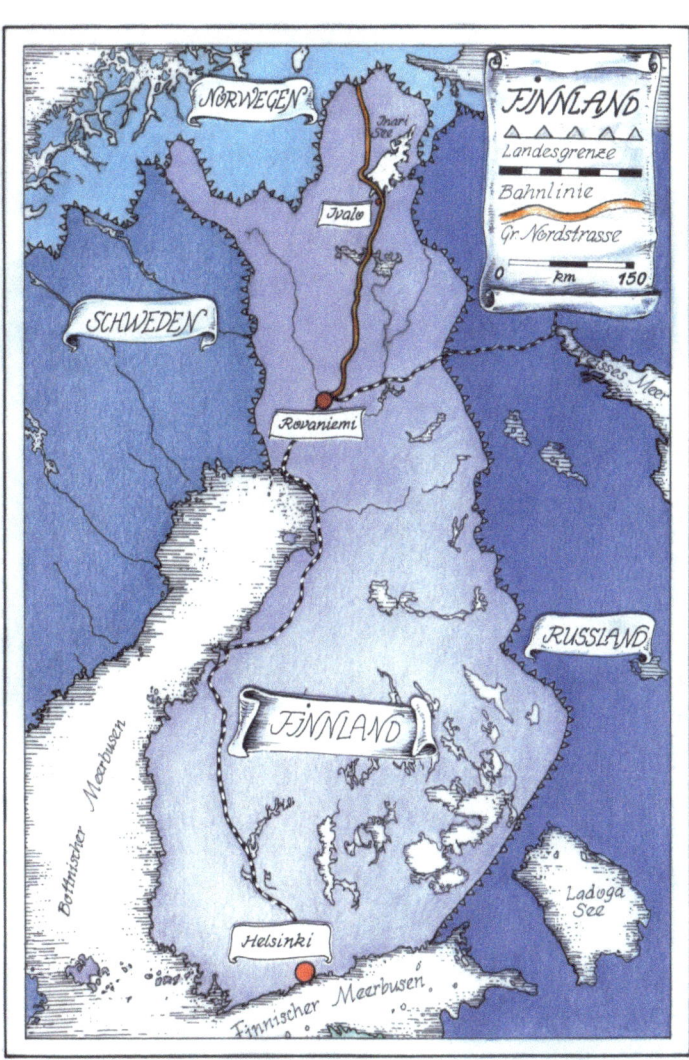

Folgt mir nun auf die Reise in eine ferne Vergangenheit, die der Zukunft doch so nahe ist wie die Worte, die ich gebrauchen werde, um Euch die Begebenheiten meiner Wanderschaft an die Quellen der Zauberei zu erzählen. (H. B.)

Prolog

Der Anfang vom Ende
oder ein Märchen für Erwachsene

Es ist schon möglich, daß meine Erinnerungen unscharf werden oder daß ich Umstände, Zeiten und Orte wichtiger und auch beiläufiger Ereignisse und Begegnungen ein wenig durcheinanderbringe. Ich bin mir auch nicht sicher, ob ich nicht häufig Dinge ganz anders erlebt habe als andere Personen in derselben Situation. Aber unbezweifelbar hat sich indessen der Faden meines persönlichen Schicksals mit der Linie jener Herkunft auf nicht mehr zu lösende Weise verbunden, deren Horizont und Gültigkeit viele Einwände zur Glaubhaftigkeit und zur Genauigkeit gegenstandslos werden lassen, weil sie sich als Mutter aller ungeschlagenen Schlachten von der Wirklichkeit ernährt.

Vor dem Hintergrund dieser Feststellung ist alles, was ich zu sagen und zu berichten habe, gleichwohl als authentisch und tatsachengerecht zu betrachten. In diesem Geiste will ich erzählen, und von Anfang an, wenn es geht, solange mein Schreibstift mich führt und die Erinnerung mich wachhält.

Der Gipsabdruck

(Teil 1)

Wahrhaftig, ich hatte es geschafft. Auch der Rest Petroleum, den ich in meiner Brennlampe zur Sicherheit mitgenommen hatte, war aufgebraucht. Ich hatte ihn bei meinem letzten Versuch, das nasse Geäst und Knüppelholz anzuzünden, sinnlos verbrannt. Das wassertriefende, für eine Feuerstelle aufgeschichtete Holz hatte nicht einmal in seiner reisiggepolsterten Grundlage Feuer gefangen. Auch das letzte Streichholz war verloren gegangen bei dem vergeblichen Mühen, den durch und durch feuchten Holzstapel doch noch mit einem zivilen Trick in ein glosendes Lagerfeuer zu verwandeln. Meine Kleidung und Hände stanken nach Petroleum, und der stetige, naßkalte Nieselregen schien den Geruch noch zu verstärken.

Zu dieser Jahreszeit waren die Abende kaum noch auszumachen, und die Nacht hatte den Horizont fast schon erreicht, als ich nach einem letzten Blick auf mein kleines handwerkliches Desaster mit so großen Folgen dann doch schnell dazu überging, noch zügig das Notwendigste zu tun, um die hereinbrechende Dunkelheit auch ohne Feuer zu überstehen. Die Temperaturen lagen vielleicht wenige Grad über Null, aber die durchdringend kalte Nässe, die im wesentlichen, von dem unaufhörlichen Nieselregen hervorgerufen, auch noch durch den morastigen Boden ziemlich nahe am See, auf dem ich mein Lager aufgeschlagen hatte, ins sprichwörtlich Uferlose gesteigert wurde, ließ weder Platz für Bedauern, noch für Spekulationen. Ich mußte das Beste für mich daraus machen.

Mein kleines Zelt, will ich wohl eingestehen, hatte ich im Eifer und in der Konzentration auf das Feuerstellenproblem völlig vergessen rechtzeitig aufzubauen. Mir blieb nur noch der Schlafsack und die Mulde zwischen den Wurzeln einer großen Kiefer, die ich im Funzellicht meiner Taschenlampe ausmachen konnte. Den Rucksack zu einem improvisierten Regenschutz zwischen Stamm und Wurzeln gebogen, habe ich mich fest in den größeren Teil jener primitiven Erdhöhle hereingepreßt und bin vielleicht auch, jede Furcht vergessend, bald eingeschlafen.

Als ich allerdings die Augen wieder aufschlug, saß ich in dem Ruderboot, in dem ich mich mit meiner Campingausrüstung über den See auf eine der kleinen Inseln transportiert hatte. Es lag doch zuvor am Ufer gegenüber jener Stelle mit der Kiefernmulde, in die ich mich in bereits finsterer Nacht verkrochen hatte. Obschon es immer noch wolkenverhangen, neblig und stockdunkel war, konnte ich Unterschiede erkennen, wie Schatten in Schatten oder Bewegungen in der Luft, die man mit den Augen greifen konnte. Mir fehlte die Taschenlampe, die ich vermutlich irgendwo in meiner Schlafmulde unter der großen Kiefer liegen gelassen hatte, um mich optisch zu vergewissern, und irgendein Instinkt hielt mich im Ruderboot fest. Keine Geräusche, die Tiere oder Menschen mit ihren Füßen auf dem Boden verursacht hätten, waren es, die meine Aufmerksamkeit fesselten, und auch keine Konturen, die zu ahnen gewesen wären oder Atemgeräusche, welche die Nähe anderer Lebewesen verraten hätten, sondern das untrügliche Gefühl, daß mir jemand oder etwas den Platz streitig machte und meine Beweglichkeit einschränkte, und ich sah mich zu äußerster Stille gezwungen.

Nach meinem Empfinden war der Nieselregen einem Nebel gewichen und bis auf die nassen Bäume, Sträucher und Findlinge in meiner Reichweite, dem plätschernden See unter meinen Füßen und der nassen **Ruderbank** unter meinem Hintern schien die Luft und alles übrige ein wenig trockener geworden zu sein. Trotzdem war ich überrascht, Lichtfunken vom Feuerplatz her zu sehen, ein Knistern und zunehmendes Prasseln sich entflammender Äste und Zweige zu hören und, in dieser Dunkelheit fast nur mit einem plötzlichen Aufgehen des Mondes in seinem hellsten Silberschein vergleichbar, einen warmen, flackernden Lichtschein zu erblicken.

Am Rande des heller werdenden Feuers stand ein Mensch, verhüllt in einem dichten Umhang und ausgesprochen klein, nicht mehr als etwa 1,50 Meter groß, jedoch zu stark gebaut und zu entschlossen in der Bewegung für ein Kind. Das alles zusammen und die einfache Tatsache, unvermittelt den beißenden Qualm nassen Brennholzes in der Nase zu haben, setzte mich außerstande, dem schnellen Geschehen in gewohnter Weise folgen zu können oder dem Schatten des Menschen am Rande des Feuers gar, der sich vor einem rechten Begreifen meiner Beobachtung und nicht zuletzt dann auch meinen suchenden Blicken entzogen hatte. Nur die ungeheuerliche Haarpracht, ähnlich einem überdimensionalen Afrolook, blieb an meiner Netzhaut haften.

Tief atmete ich den Rauch ein und mußte fürchterlich husten. Dabei wurde ich vollends wach und fand mich keuchend, bellend und prustend in meiner Mulde am Kiefernstamm wieder. Den Rucksack hatte ich im Hustenschreck auf die Seite gestoßen. Vor meinen Augen und Ohren aber prasselte, knisterte und knallte ein Feuer aus jenem Holzstapel, der mir, ich weiß nicht wie lange vorher, so viel Kummer bereitet hatte. Das Feuer indessen war so weit in Brand geraten, daß schon bald von dem beißenden Qualm und Rauch nichts mehr zu riechen war. So viel Licht und Wärme, aber es dauerte doch eine Weile, bis ich mich aus der Mulde erhob und meinen Platz nahe am Feuer suchte.

Der Gipsabdruck

(Teil 2)

Ich zog meinen Parka nach, rückte die Kapuze zurecht und heftete den Blick fest auf das flackernde Wunder. Es gab viele Gründe, nicht aufzuschauen, um die Situation genauer zu erkunden. Zuerst einmal mußte ich zur Besinnung kommen.

Das Traumerlebnis kurz vor dem Erwachen schien mir jetzt nachvollziehbar und verständlich zu sein, denn irgendwie mußte der Körper versuchen, in dieser unwirtlichen Lage seinen Schlaf zu sichern und seine Erholung zu retten. Darüber hinaus war es mehr als plausibel bei dem stechenden Qualm in der Nase, von einem Feuer und jemandem, der es entfacht hatte, zu träumen. Nur das wirkliche Feuer, das im Augenblick meinen Holzstapel verzehrte, verbarg seine Entstehungsgeschichte in seinen züngelnden Flammen. Keine noch so abwegige Phantasieleistung konnte mich dazu verleiten, eine Idee darüber zu haben, auf welche Weise welcher Überrest einer vielleicht unsichtbaren Glut den nassen Knüppelhaufen auf glitschigem Boden hätte entzünden können. Zu diesem Zeitpunkt wollte ich aber auch nicht so entschieden und zielstrebig darüber nachdenken, wie es dieses Rätsel

offensichtlich erforderte. Viel wichtiger war
für mich erst einmal die Wärme und mein
Entschluß, unter allen Umständen bis zum
Tagesanbruch wach zu bleiben.

*

Ich mußte weit weggetreten gewesen sein,
denn selbst, als ich begann zu realisieren,
daß es das Telefon war, welches mich aus
anderen Welten in die Wirklichkeit zu-
rückrief, brauchte ich noch lange, bis ich
mich aus dem niedrigen Matratzenbett
herausgerollt, aufgesetzt und mir einmal
gründlich die Augen gerieben hatte. Am
anderen Ende meldete sich Herr Kruse,
der Inhaber meines Lieblingsantiquariats,
das auf vornehmlich alte Bücher und Li-
teratur aus zweiter und dritter Hand spe-
zialisiert war. Unsere langzeitige Verkaufs-
und Kundenbeziehung hatte mich inzwischen zu dem auserwählten Personenkreis
sortiert, den Herr Kruse, wenn er glaubte,
es sei von Interesse, mit Informationen über
Bücherlieferungen oder Käufe, noch bevor
die Ware das Verkaufsregal erreichte, zu
versorgen die Freundlichkeit hatte.

Diesmal jedoch war es anders. Er fragte
nach einem kleinen Relief, das er mir ge-
wissermaßen als Beigabe nach einem
großen Büchereinkauf großzügig überlas-
sen hatte, weil er glaubte, eine gewisse
Freude daran bei mir bemerkt zu haben.

Dieses Relief zeigte in groben Zügen einen Schmied bei der Arbeit. Es schien ihm auch deshalb passend zu sein, weil einige Bücher, die ich bei der Gelegenheit erstanden hatte, die Themenbereiche Schmiedeeisen, Kunsthandwerk und ähnliches betrafen.

"Habe gerade einen Kunden im Geschäft", so erklärte er mir, der überraschenderweise in einem der alten Bücher über norwegische Handwerkskünste auf eine Illustration gestoßen sei, die seiner Erinnerung nach das identische Abbild jenes Reliefs sein müßte, das er mir seinerzeit als Beigabe vermacht hätte. Er habe sich dazu hinreißen lassen, bedauerte er, dem Kunden davon zu berichten. Dieser wiederum war über seinen Hinweis derart begeistert und geradezu außer sich über eine theoretische Möglichkeit, einen Blick auf das Relief werfen zu können, daß er, Kruse, sich habe von dem Kunden bedrängen lassen, doch einmal bei dem gegenwärtigen Besitzer, das sei hoffentlich noch ich, nachzuhaken, ob es wohl eine Chance zur Inaugenscheinnahme für ihn gebe. "Kein Grund zur Panik", wollte ich es freundlichst bewenden lassen, ich könne ihm das Stück doch gelegentlich leihweise zur Verfügung stellen, und der besagte Kunde hätte dann irgendwann die Gelegenheit, diesen Gegenstand persönlich zu untersuchen.

Daraufhin klärte mich Herr Kruse darüber auf, daß der Kunde schon nämlichen Vorschlag bedauernd zurückgewiesen hätte mit der Begründung, er sei nur auf der Durchreise und nicht länger als 24 Stunden in Hamburg. Ob er denn meine Adresse erhalten könne, um mich wegen seines Anliegens später brieflich zu kontaktieren? Nachdem alles schon so kompliziert war, schlug ich spontan, für mich selbst überraschend, eine Vereinfachung vor. Bis zum Abend hätte ich ohnehin nichts auf dem Kalender, und da böte sich doch die Möglichkeit an, daß der Kunde auf seinem Weg direkt bei mir vorbeikäme, um sich den Wunsch, das Relief mit eigenen Augen zu sehen und in die Finger zu nehmen, noch zu erfüllen. So konnten wir uns schnell auf einen Treffpunkt verständigen.

Ich erwartete Herrn Å. Kittelsen etwa zwanzig Minuten später zwei Hauseingänge weiter von meinem eigenen vor der Ladentür einer Eckhaus-Bäckerei schräg gegenüber jener kleinen, berühmten Hochzeitskirche von Eppendorf in der Ludolfstraße. Der Buchhändler, da war ich sicher, konnte dem Touristen eine hervorragende Wegbeschreibung liefern.

Ein wenig größer als ich, ungleich schlanker, in einem sportlichen Pullover und mit einer feinrippigen, hellbeigen Cordhose, einzig beladen mit einem übergroßen Rucksack, tauchte er fast pünktlich vor der Bäckerei an der Straßenecke auf. Da, wo ich zu viele Haare hatte, waren bei ihm keine zu sehen und zutreffend hatte Herr Kruse mich darauf hingewiesen, daß Herr K. leicht an seinem kahlen Schädel, seiner sportlichen Erscheinung und seinem übergroßen Rucksack zu erkennen war.

Ich sprach ihn an und begrüßte ihn. Ein kurzer Händedruck und eine leichte Verbeugung, als er sich vorstellte: "Guten Tag, mein Name ist Åse Kittelsen, Sie sind sicher Herr B." Nach meinem Kopfnicken stellte er seinen Rucksack ab und fragte sofort nach dem Relief. Ich zog es aus meiner Aktentasche und überreichte es ihm. "Gips", stellte er sogleich fest, "und kein Relief, nur ein Abdruck."

Ich fragte ihn, ob es denn dasselbe zeige wie das Abbild, das er in jenem Buch bei Herrn Kruse in der Arnoldstraße aufgespürt hatte. Er nickte, sagte aber wieder nur kurz: "Gips, ein Gipsabdruck." Meine Frage, ob er enttäuscht wäre, beantwortete er mit einem kurzen Nicken. Um die aufkeimende Verlegenheit zu vermeiden, behauptete ich, daß ich mir ohnehin nicht vorstellen konnte, was an der Darstellung eines Eisenschmiedes, der mit seinem Schlagwerkzeug an etwas Ähnlichem wie einem Amboß tätig war, hätte von besonderem Interesse sein können. Darauf wiederholte Herr K. noch einmal in sehr ernstem Ton: "Es ist ein Gipsabdruck, aber nicht von dem Relief eines arbeitenden Schmiedes", vielmehr würde es einen Menschen, der im Begriff sei, einen schweren Knüppel oder eine Keule auf einen Erdhügel oder einen Felsstein niedersausen zu lassen, abbilden. Es sei die Darstellung eines Freischlages.

Meine Fassungslosigkeit und mein erstaunter Gesichtsausdruck schienen ihn für einen Augenblick zu amüsieren und mit seiner eigenen Enttäuschung zu versöhnen. Um einiges freundlicher und zugewandter erklärte er mir: "Wenn du das nicht verstanden hast und mehr darüber wissen möchtest, könntest du dich an das Institut für Folkloristik an der Universität in Oslo wenden." Ob der Gipsabdruck in diesem Zusammenhang wichtig wäre, wollte ich von ihm wissen.

Sein Kopfschütteln, das Aufschultern seines Rucksacks und sein abschließendes "vielen Dank für die Mühe" hätten die meisten Menschen sicherlich dazu veranlaßt, es dabei bewenden zu lassen. Ich aber setzte ihm nach und bat ihn um seine Anschrift für den Fall, daß ich mehr über diesen Gipsabdruck erfuhr oder sich vielleicht doch noch einige Fragen ergäben, bei denen er mir weiterhelfen könnte. Wenn auch spürbar unter Zeitdruck, kramte er doch eine Visitenkarte aus seinem Portemonnaie und reichte sie mir mit der Bemerkung, in dieser Buchhandlung in Helsinki würde er von Zeit zu Zeit als Aushilfe arbeiten. Noch einmal mit einem kurzen Dank und seinem Bedauern für den schnellen Aufbruch, da er schon knapp mit der Zeit wäre, noch seinen Flieger zu erreichen, ließ er mich dann stehen.

Ich betrat den kundenleeren Bäckerladen, um mir Brötchen und Kaffee zu besorgen, da fragte mich, kaum, daß ich an der Verkaufstheke stand, die Chefverkäuferin: "Hatten Sie Streit mit dem Touristen?" Ich schüttelte den Kopf, und sie schob noch eilig die Bemerkung hinterher, daß der Typ nicht gerade einen fröhlichen Eindruck auf sie gemacht hätte. "Sein Flieger", bemerkte ich, und sie nickte mir leutselig zu.

Auf dem Hausflur traf ich Dörte aus unserer Wohngemeinschaft. Sie überreichte mir eine handgeschriebene Nachricht, aus der hervorging, daß Michael, ein Sportkollege, mich vergeblich zu erreichen suchte und um schnellen Rückruf bat. Als ich ihn am Hörer hatte und er mich an unsere Verabredung erinnerte, die mir nach seiner Darlegung offensichtlich aus dem Gedächtnis gefallen war, wies ich ihn mit dem Argument zurecht, daß er mir gerne ein paar Minuten Termintoleranz hätte geben können. Schließlich sei ich nur kurz beim Bäcker gewesen.

Das hätte er mitbekommen, hielt er mir entgegen, jedoch sei ich in einer offenbar angeregten Unterhaltung geradezu versunken gewesen, als er mich auf seinem Rückweg an der Ladentür der Bäckerei hatte stehen sehen. Ich hätte ihn nicht bemerkt, und er wollte dann auch nicht stören.

"Angeregte Unterhaltung", wiederholte ich erstaunt. "Na ja, mit diesem großen Typen im Dufflecoat, der dir scheinbar etwas zu erklären hatte." Ich unterdrückte den Wunsch, nachzufragen, wann denn das mit wem gewesen sein sollte und schlug ihm einen neuen Zeitpunkt für unser Treffen vor.

Aber nichts hielt mich davon zurück, umgehend noch einmal die Bäckerei aufzusuchen und die Chefin anzusprechen, ob sie sich bitte ins Gedächtnis rufen könne, wie genau der Tourist ausgesehen habe, mit dem ich mich vor circa zehn Minuten nach ihrem Eindruck unmittelbar vor ihrem Laden gestritten hätte. Sie blickte mich abweisend an und stellte unmißverständlich fest, daß sie wohl noch wüßte, wie ich vor etwa zehn Minuten Kaffee und Brötchen bei ihr gekauft und damit eiligst verschwunden wäre. Ein Tourist oder der Streit mit einem solchen gar zuvor wäre ihr nicht aufgefallen.

Auch der Anruf im Antiquariat brachte keine Übersicht in das augenblickliche Chaos ausgesprochener und unausgesprochener Mißverständnisse. "Ein seltsamer Kauz", kommentierte Herr Kruse lediglich meine Nachfrage, "und ein wenig melancholisch, dieser Herr Kittelsen." Ich versagte mir die nächste Frage und bedankte mich.

Noch mehr Ungereimtheiten wollte ich zu jenem Zeitpunkt nicht mehr entdecken und dann doch noch aufklären müssen. Mir war nach Kaffee und Brötchen, und ich ließ, fast absichtlich, jenes Stück Gips, um das es die ganze Zeit ging, einfach irgendwo liegen. Später habe ich es einige Male bereut, denn ich fand es bei aller Mühe nicht mehr wieder. Allerdings muß ich gestehen, so richtig gesucht danach habe ich erst viele Wochen später.

Der Anlaß dafür war eine Plauderstunde unter Freunden, in der jeder der Beteiligten etwas über seltsame Ereignisse oder eigentümliche Begebenheiten zu berichten wußte. Da wäre mir der Gipsabdruck als willkommener Bestandteil einer exklusiven Dramaturgie meiner kleinen Geschichte sehr gelegen gekommen. Also selbst als Hilfsmittel für seltsame Geschichten stand mir der Gipsabdruck nicht mehr zur Verfügung.

Jedoch bei unterschiedlichsten Gelegenheiten oder auch unvermutet und grundlos kreisten meine Gedanken häufiger um das verlorene Stück Gips und das, was darauf als Positivabdruck zu sehen war. Vornehmlich beschäftigte mich jedoch die Behauptung des Herrn K., es wäre auf diesem Gips kein Schmied bei der Arbeit abgebildet, sondern vielmehr ein Mensch, der mit einem schweren Knüppel oder einer Keule auf einem Erdhügel den sogenannten Freischlag ausführe. Ebenso sehr, wie dieser Freischlag meine Phantasie anregte, blieb er mir auch rätselhaft. Gern hätte ich schon aus diesem Grunde das Relief noch einmal unter die Lupe genommen.

Ein halbes Jahr später, als ich mit einer Freundin eine starke Übereinstimmung darüber entwickelte, daß es künstlerisch, beruflich und kulturell von allergrößtem Gewinn wäre, einmal eine etwas längere Zeit, genauer gesagt, die Winterzeit mit all ihren Einschränkungen, Anforderungen und Schönheiten, im hohen Norden zu verbringen, also

26

mindestens in einer der Regionen des Polarkreises, wurden wir bereits von der Betriebsamkeit der Vor-Vorweihnachtszeit überrollt und erstickt.

Das Projekt einer Buchrecherche zu den Themen schamanischer Kultur, insbesondere aber samischer Schamanen, und der Gedanke, bei dieser Gelegenheit der Kreativität zuliebe und zugunsten einer ganz anderen Art zu arbeiten, eine Weile aus den gewohnten Ketten und sozialen Umtrieben auszubrechen, war mitentscheidend dafür, ein solches Projekt gegen alle Widerstände einfach gemeinsam mit dieser Freundin in die Tat umsetzen zu wollen.

Zudem konnte ich mir als Nebenbegründung auch noch gut einreden, daß, würden wir unsere Reise über Finnland antreten, da ja noch jene Buchhandlung aufzusuchen wäre, die mir Herr K. als Adresse hinterlassen hatte. Die Visitenkarte hatte ich wohl längst verloren, jedoch diese einfache Adresse in Helsinki ging mir nicht aus dem Kopf.

So war der Entschluß bald gefaßt, und die wenige Zeit, die uns noch blieb, eben diesen unserer sozialen Umwelt nachvollziehbar zu vermitteln, und uns im übrigen eher hektisch auf das kommende Abenteuer vorzubereiten, hatte die Kurzweiligkeit eines überspannten Bogens.

Niemandem, der zu einer derartigen Reise jemals aufgebrochen ist, muß die Aufregung, Spannung und Intensität der Eindrücke, besonders derjenigen, wahre Lasten hinter sich zurückzulassen, geschildert werden.

Schneller dann als wir uns darauf vorbereiten oder einstellen konnten, waren wir in Helsinki. Wenn auch müde und erschöpft, führte uns der erste Weg zu der als größte Buchhandlung bekannten Geschäftsadresse. Sie war leicht zu erreichen, nicht zuletzt, weil sie in der Nähe des Hafens lag, in welchem wir an Land gegangen waren. Jeder hilfsbereite Einwohner der Stadt wußte, von welcher Buchhandlung die Rede war, wenn es um die größte in Helsinki ging. Und der Verlust einer Visitenkarte mit wichtiger Adresse war selten gleichgültiger als bei dieser Gelegenheit.

Auch für Hamburger Verhältnisse war die Buchhandlung riesengroß und an diesem Nachmittag schien sich jedermann dort eingefunden zu haben, der etwas lesen oder Geschenke kaufen wollte. Nachdem wir, heimlich Ausschau haltend, die Stockwerke des Geschäftes zweimal vollständig durchstreift hatten, faßten wir uns doch ein Herz, uns bei den Angestellten nach Herrn K. zu erkundigen. Der Name und meine Beschreibung der Per-

son reichten aus, um von gleich zwei hilf-
reichen Verkäufern zu erfahren, daß dieser Mensch in ihrem Geschäft weder
aushilfsweise noch vollzeitig arbeite noch
je gearbeitet hätte.

Die regennasse, kalte Witterung und die
Dunkelheit auf der Straße hatten uns
bald wieder. Müdigkeit war wohl der
Nährboden unseres spontanen Ent-
schlusses, uns nicht weiter aufzuhalten
und mit dem Zug gleich weiter nach Norden zu reisen. Das viele Licht, die einla-
denden Geschäfte und das rege Treiben
der einkaufenden Menschen, der nervenbe-
lastende Verkehrslärm und die an amerika-
nische Filme gemahnenden Polizeisirenen
sollten uns den Buckel runterrutschen. Hier
wollten wir nicht einmal kurze Zeit über-
nachten.

Der Zug, der immer weiter ins Landesin-
nere in Richtung Norden rollte, erwies sich
mit seinen modernen Wagenabteilungen
als äußerst bequem, und die zurückhal-
tenden, melancholisch anmutenden Gespräche der Fahrgäste hatten einen
ebenso beruhigenden Einfluß auf unsere
Gemüter wie die dunkle Nacht und die
Naturlandschaft, die an den Fenstern unseres Zuges vorüberzog. Eine Übernach-
tung in Rovaniemi, der Hauptstadt
Lapplands am Polarkreis, brachte uns bis
zum nächsten Morgen alle Kräfte wieder

zurück und es bedurfte nur einer kurzen Orientierung in der nach unseren Maß-stäben kleinen Trabantensiedlung, um zu wissen, wie es weitergehen sollte. Wir fanden bald ein Reisebüro, in dem es uns möglich war, eine Blockhütte tief im Wald am Inarisee, circa 30 Kilometer von der Siedlung Inari, für unbestimmte Zeit an-zumieten und die Karten für den näch-sten Bus auf der Nordstraße zu erwerben.

Die achtstündige Busfahrt mit drei halb-stündigen Haltepausen war dann eher anstrengend, aber keinesfalls ermüdend. Überraschend eindrucksvoll wirkte auf uns die Landschaft am Rande der Straße und entsprach doch gleichzeitig unseren Erwartungen. Die großen und hohen Na-delhölzer auf der langen Strecke sollten zunehmend schrumpfen, bis nach vielen Stunden der Bus dem ersten Eindruck nach mitten im Wald nahe eines kleinen Gehöftes anhielt, und der Fahrer den einzigen Touristen auf seiner Passage, al-so uns, unserer vorangehenden Bitte ent-sprechend, darauf aufmerksam machte, daß wir unser Ziel erreicht hätten. Talvi-tupa, Winterhaus, war der Name des Or-tes, an dem wir uns nebst unseren Rucksäcken und Koffern abgestellt und zurückgelassen fanden, als wir immer noch irritiert den schwindenden Rück-lichtern unseres Busses hinterherschau-ten.

Ein einziges Haus, das war der ganze Ort und niemand weit und breit in dem dämmrigen Regen, den wir nach dem weiteren Weg hätten fragen können. Niedrige Bäume aber überall und kein Schild, kein Hinweis oder eine erkennbare Straße, die in den Wald hinein irgendwohin führte.

Die große Nordstraße, auf der wir mit dem Bus angereist waren, erschien uns immer noch wie ein breiter Kiesweg und nicht wie die Hauptverkehrsader zu den nördlichsten im Polarkreis gelegenen Orten und Dörfern Finnlands. Wir sollten bald herausfinden, daß der auf der Karte eingetragene Verkehrsweg, der uns etwa fünf Kilometer in den Wald hinein zu unserer angemieteten Blockhütte führen würde, dort wie ein großer Weg eingezeichnet schien, in Wirklichkeit nicht einmal als Trampelpfad zu erkennen war, wenn man von einer kleinen Einbuchtung absah, die an seinem Anfang die große Nordstraße um einen Parkplatz erweiterte. Wir hatten auf dem Marsch durch den Wald vielmehr den Eindruck, einer Spur zu folgen, als einer richtigen ausgetretenen Wegführung.

Endlich angekommen, fanden wir bereits ein Feuer im Kamin vor, und zwei Finnen, die uns hier offensichtlich erwartet hatten, um uns freundlich zu begrüßen und sich als Mitglieder der Vermieterfamilie vorzustellen, wiesen uns, sehr zugewandt, aber wortkarg in unsere unmittelbare Umgebung und in den Gebrauch des Hauses und seiner Einrichtungsgegenstände und Werkzeuge ein.

Auf meine Frage, wo wir zu dieser Zeit, es war ein Freitagnachmittag, noch Lebensmittel beschaffen könnten, führte er uns an die Rückseite der Hütte, an deren Außenwand ein unförmiger Ast mit einer Angelsehne und einem Haken befestigt waren, und zeigte dann auf den See unmittelbar vor unserer Nase. Die Gastfreundlichkeit und Hilfsbereitschaft, die wir speziell bei unseren Vermietern noch zu schätzen lernten, war es wohl auch, welche die beiden Männer veranlaßte, nach etwa einer Stunde mit ihrem Boot noch einmal zurückzukehren, um uns mit frisch gefangenem Fisch zu versorgen.

Am nächsten Tag dann die erste Zerknirschung oder eher Selbstzweifel, die mich dazu brachten, zunächst nichts richtig anfangen oder beenden zu können. Der Eindruck, vielleicht zu spontan daneben gegriffen zu haben, wuchs mit jeder Stunde. Zänkisch und übel gelaunt suchte ich einen Ausgleich zu meiner mangelnden Orientierung und ein finales Ventil.

Ich fand für mich, auch um die Kameradschaft zwischen meiner Freundin und mir nicht unnötig zu strapazieren, nur die Möglichkeit, mich zum Zwecke der inneren Klärung und Besinnung extrem zurückzuziehen. So vereinbarte ich mit meiner Partnerin, bereits in dieser Nacht ein paar Stunden allein auf der gegenüberliegenden Insel zu verbringen.

Die Vorbereitungen für meinen erst am Mittag gefaßten Entschluß waren deshalb etwas fahrig und kurz gegriffen. Ich schaffte es gerade mal, das Ruderboot eine knappe Stunde vor Nachteinbruch auf der Insel zu landen. Der feine Regen und die Kälte hatten seit Helsinki als ungebrochene Konstante zudem mehr und mehr die Regentschaft über meine Gemütslage an sich gezogen, und die trieb mich schnell auf die berühmte Flucht ins Innere. Und bald hatte mich der absolute Tiefschlaf übermannt.

Als ich dann wieder erwachte, wurde mir ganz plötzlich klar, etwas Wesentliches und Wichtiges vergessen zu haben, ein Versäumnis, das mich traf wie ein Schlag. Denn während meine Glieder schmerzten, als wäre ich den Rest der Nacht auf einer Bergtour gewesen, spürte ich gleichzeitig ein heftiges Herzrasen, das sich auch durch spontane Tiefatmung nicht sogleich bewältigen ließ. Indes war das

Feuer erloschen und der neongraue Himmel ließ mich wissen, daß ich den Tagesanbruch verschlafen hatte.

Lappland

(Teil 1)

Beim Frühstück am schnell wärmenden Kaminfeuer hatten Kirsten und ich unseren aus Frust und Müdigkeit geborenen Streit unverzögert beigelegt. Wir wollten den gemütlichen Tagesbeginn nutzen, um uns auf unser ursprüngliches Motiv zu konzentrieren, wenigstens den Winter im finnischen Sumpf, See und Urwald hinter der Linie des Polarkreises zu verbringen. Mich trieb eine sprichwörtlich dunkle Ahnung, mit meiner Ausschau und Suche nach verlorenem Menschheitswissen und Spuren nie kultivierter und zivilisierter Fertigkeiten und Kenntnisse ausgerechnet im Herrschaftsgebiet der Polarnacht, des Nordlichts und des denkbar erdnächsten Sternenhimmels, den ich je gesehen hatte, zu beginnen.

Kirsten hatte sich mit ihren eigenen Neigungen von meinem zielstrebigen Trieb und seinen nur teilweise gereiften Keimen mehr und mehr anstecken lassen, und es gab auch im Grundsatz keine Meinungsverschiedenheiten.

In der Zurückgezogenheit unserer Behausung und der Ruhe der uns umgebenen Seen und Wälder, so versicherten wir uns einmal mehr, sollte uns nichts von unserem Anliegen, nach den Dingen hinter den Dingen zu forschen, ablenken.

Die nächsten Tage brauchten wir dennoch, um uns mit unseren Lebens- und Arbeitsumständen vor Ort vertraut zu machen. Dabei hatten wir noch Glück, denn das waren auch die letzten eis- und schneefreien Tage vor dem Einbruch der großen Kälte. Es waren zunächst nur Kleinigkeiten, die es neu zu richten galt, als sich über Nacht hauchfeiner Schnee über dem ganzen Wald und der zugefrorenen Ausbuchtung des Inarisees, an dem unsere Hütte stand, verteilt hatte. Unser erster morgendlicher Blick durch das große Fenster auf den See, die Blockhütte stand etwa vierzig Schritte vom Ufer entfernt, wurde von der weißen Pracht überrascht. Gleich nach dem Frühstück mußte das Ruderboot, ich hatte es seit meinem Ausflug zu der Insel nicht mehr benutzt, vollends aufs Ufer gezogen werden, und schon am ersten Tag der neuen Kälte begannen wir damit, jede noch so kleine Ritze zwischen den Balken sowie an Fenster und Tür mit Papierresten zu verstopfen oder mit Tüchern und Lappen zu verhängen. Das Thermometer zeigte -12 °C. Wegen der zunehmenden Dunkelheit, es gab schon bei unserer Ankunft nur noch für circa fünf bis sechs Stunden Tageslicht etwa von der Qualität einer beginnenden Abenddämmerung in unseren heimatlichen Gefilden, mußten wir unseren Tagesablauf vorsorglich planen und grob in diejenigen Dinge zerlegen, die nur bei Tageslicht verrichtet werden konnten, und solche, die uns auch bei finsterer Nacht zu tun möglich waren.

Zu den Pflichterfüllungen, die uns nun das beinahe täglich abnehmende Tageslicht abnötigte, gehörte, neben den erforderlichen Arbeiten im und am Haus vornehmlich das Zersägen und Spalten unseres lebenswichtigen Kaminholzes. Zudem mußte es abschließend auch ein jedes Mal an die Hüttenwand unter den Schutz des Verandadaches vom Schlag- und Sägeplatz transportiert werden, um dort aufs platzsparendste und griffigste für seinen endlichen Gebrauch aufgestapelt zu werden.

Schnell gewöhnten wir uns daran, unsere Mahlzeiten am beginnenden Tag bei noch fast vorherrschender Dunkelheit und am späten Nachmittag bei wieder hereinbrechender Dunkelheit zuzubereiten und zu uns zu nehmen. Ich war erstaunt, wie bald wir durch die immer kürzer werdende Tageszeit von unseren überlebenswichtigen Pflichtarbeiten zunehmend vereinnahmt und in unserem Zeitempfinden bestimmt wurden.

Neben der Lichtquelle des Kamins hatten wir nach Einbruch der Dunkelheit nie mehr als zwei Kerzen in Gebrauch. Der Umgang mit Lesestoff, aber auch mit Schreib- und Handarbeit etablierte sich als hochkonzentriert, zielbewußt und außergewöhnlich intensiv, denn das Licht jeweils nur einer Kerze beanspruchte unsere Augen und Sinne ungleich mehr, als wir es aus unseren zivilen Lebensverhältnissen gewohnt waren. Gleichzeitig wuchs die Leistungsfähigkeit gerade bei diesen Tätigkeiten nach und nach um ein Vielfaches an.

Einmal in der Woche, wir einigten uns auf den Montag, machten wir uns auf den Weg zum nächst größeren Ort, das war

Inari, etwa dreißig Kilometer von unserem Winterquartier entfernt, um unsere Nahrungsmittel aufzufrischen oder zu ergänzen, die Post auf dem dortigen Postamt abzuliefern und eventuelle Postsendungen entgegenzunehmen. Aus diesem Grund hatten wir uns auch schnell zur Gewohnheit gemacht, alle Briefe, die wir an wen auch immer meinten schreiben zu müssen, am Sonntagabend beim Zweikerzenschein zu verfassen und versandfertig zu machen. So war denn unser Auswärtstag, wie wir ihn zu nennen pflegten, gleichermaßen ein großer Aufwand und Verlust an Zeit und Möglichkeiten, diejenigen Dinge zu verfolgen, die uns bei weitem wichtiger waren als einkaufen, zum kleineren Teil jedoch auch eine willkommene Ablenkung, insbesondere, weil es die einzige Gelegenheit in der Woche war, auch mit anderen Menschen zusammenzutreffen, wenn man einmal von den seltenen Besuchen unseres Hüttenvermieters absieht.

Natürlich konnte ich nicht früh genug damit beginnen, endlich Einheimische mit für mich wichtigen Fragen zu behelligen. Schon in der dritten Woche unseres Landesaufenthalts glaubte ich dafür bereits genügend Kontakte zu einigen Menschen hergestellt zu haben. Vielleicht ergab sich die Gelegenheit bei den kurzen Höflichkeitsgesprächen, wie sie zum Beispiel beim Einkaufen in dem einzigen kleinen Supermarkt zustande kamen. Der Supermarkt war gewiß eine Kommunikationsdrehscheibe, wenn er auch auf uns wirkte wie eine Holzfällerboutique mit einer Verkaufsnische für überteuertes Fleisch und Lebensmittel im veralteten Ambiente eines Krämerladens und eines Kurzwarenhandels zugleich.

So machte ich dann einmal einen solchen Versuch, von mir aus einen Menschen mit für mich indessen vertrautem Gesicht anzusprechen, um meine Fragen aufzudrängen, in jener Bari, in der wir nach dem Einkauf und den Postamtserledigungen regelmäßig auf den Bus warteten, der am Mittag auf der Nordstraße in den Süden zurückkehrte und unter anderem auch in Talvitupa hielt, um uns auf unserer Fahrt in den Wald zu entlassen.

Nachdem ich also mit Händen und Füßen und allem Geschick, das mir zu Gebote stand, nicht ohne auf die Hilfe Dritter zurückzugreifen, unserem Tischnachbarn, der immer so freundlich zurückgrüßte, wenn wir ihn sahen, endlich mein Anliegen verständlich gemacht hatte, nämlich zu erfahren, wo hier in dieser Gegend der nächste Schamane der Sami anzutreffen wäre, und mein Interesse daran damit begründete, für ein Buch zu recherchieren, reagierte der doch sonst so freundliche Mensch äußerst ungehalten und schroff. Was ich mir denn so vorstellte, ließ er mich durch einen Dolmetscher fragen, schließlich lebten wir im 20. Jahrhundert und derartige Verhältnisse, in denen man nach solchen Personen fragen konnte, lägen doch wenigstens 200 Jahre in der Vergangenheit. Im übrigen seien sie alle gute Christen und wenn ich nicht ein unwissender Tourist wäre, würde er mir diese Art, Fragen zu stellen, doch sehr übel nehmen und ich solle in Zukunft auf derartige Versuche lieber verzichten, wenn mir an einem kultivierten und guten Kontakt mit den Menschen hier, und er spräche da nicht nur für sich, gelegen wäre.

Mir kam es so vor, als hätte ich in irgendeinem beliebigen Ort in Deutschland mit der größten Selbstverständlichkeit nach der nächsten Dorfhexe gefragt. Mein bestürzter Gesichtsausdruck aber veranlaßte unser Gegenüber wohl, in einem fast versöhnlichen Ton und als wolle er wieder etwas gutmachen, mich doch noch in diesem Zusammenhang, wie er sich formulierte, auf eine Besonderheit hinzuweisen. Es gäbe, so ließ er mich wissen, im Orte eine staatlich geförderte Trachtengruppe, die insbesondere Musik- und Tanztradition der Sami pflegte und regelmäßig, allerdings nur im Sommer zur Touristensaison, als spezielle Attraktion präsentierte.

Ich weiß nicht, was mich mehr bedrückte, die anfängliche, fast aggressive Zurückweisung bei meinem Versuch, das Schamanenthema anzusprechen, oder das fast süßlich versöhnliche, aber abgrundtiefe Mißverständnis, mit dem mein kleiner Fehltritt aufs gastfreundlichste wieder aus der Welt geschaffen werden sollte. Selbstverständlich gab ich meinem Bedauern Ausdruck für die plumpe Ahnungslosigkeit, mit der ich mein Ansinnen vorgetragen hatte. Für seinen guten Tip bedankte ich mich, wenn auch etwas irritiert.

Noch auf der Rückfahrt und auf dem ganzen fünf Kilometer langen Weg durch den Wald zu unserer Hütte diskutierten Kirsten und ich das Für und Wider jenes seltsamen, aber auch eindrücklichen Dialoges mit dem freundlichen Tischnachbarn aus der Bari in Inari.

Erst spät in der Nacht kamen wir zu der Übereinkunft, daß die so heftige Reaktion des Einheimischen weder das Ergebnis einer persönlichen Abneigung gegen uns oder gegen Touristen im allgemeinen sein konnte noch hinterwäldlerische Unwissenheit, daß also wahrscheinlich noch andere, für uns nicht mutmaßbare Gründe für sein Verhalten in dieser Frage verantwortlich waren. Wir schrieben das Jahr 1975 und der Ethnoboom mit all seinen auch nicht akzeptablen Nebenwirkungen konnte in der Zeit moderner Medien doch nicht ausgerechnet vor diesem Ort im Herzen Lapplands Halt gemacht haben. Gerade hier in dieser touristisch hochentwickelten und von diesem Wirtschaftszweig abhängigen Region müßte doch auch die Renaissance alter Kulturwerte wie zum Beispiel dem des Schamanentums, mithin auch zu Buche schlagen. Wir ordneten diesen Tageskonflikt instinktsicher dann auch kurz vor dem Einschlafen in die Rubrik "nicht vollständig aufgeklärt".

Erst einige Zeit später mußte ich erfahren, auf welch erschreckende Weise unser Urteil zutraf und dennoch weit daneben lag.

Lappland

(Teil 2)

Unser Tagesablaufsgerüst wurde weder ein Ausdruck noch der Träger monotoner Zeitbewältigung in einer lebensfeindlichen und gestaltungseingeschränkten Umgebung, das, bestimmt durch kurze Tageslichtzeiten mit einem Sonnenhöchststand nahe des Horizonts und zumeist hinter dichten Wolken, bei klirrender Kälte unseren überlebenswichtigen und regelmäßigen Verrichtungen zunächst ein fast erschöpfendes Gewicht verlieh. Dennoch blieb uns mehr als genug Zeit dafür, als es unter allen anderen uns vertrauten Lebensumständen je möglich gewesen wäre, unsere Aufmerksamkeit und unsere Gedanken auf die Hauptfragen unserer selbstgewählten Mission zu konzentrieren. Die Muster unserer Routinearbeiten für den Lebensunterhalt gingen sogar manchmal nahtlos über in die Mühen und Aktivitäten, mit den elementaren Kräften und Verhältnissen unseres vorübergehenden Lebensumfeldes kurzzuschließen.

Es verbot sich unter solchen Voraussetzungen selbstverständlich, größere Ausflüge und Exkursionen zu unternehmen. Das Dämmerlicht und die frühe Dunkelheit erlaubten es nicht, die Nähe unserer Blockhütte mit ihrem kleinen, 30 Meter im Wald gelegenen Holzschuppen und dem auch nicht viel weiter entfernten Holzschlagplatz, an dem einige Kiefernstämme zur Feuerholzverarbeitung aufgeschichtet lagerten, längere Zeit zu verlassen, ohne Gefahr zu laufen, in der plötzlich hereinbrechenden Nacht die Orientierung vollends zu verlieren. Selbst in der kurzen Dämmerzeit des Tageslichtes war es nur mit größter Umsicht und unter Aufbietung aller Pfadfindertricks möglich, eine sichere Rückkehr zu Hütte und Feuer zu gewährleisten. Das sollten wir zumindest später bei den wenigen unvermeidlichen Versuchen, uns vom Haus etwas weiter zu entfernen und in den Wald einzudringen, immer wieder drastisch am eigenen Leibe erfahren.

So verknüpften wir zunächst einmal ersatzweise unseren fünf Kilometer Marsch zur Bushaltestelle an der Nordstraße durch das Auf und Nieder einer wilden mit Kiefern und Nadelgehölz bevölkerten Waldlandschaft, die sich mit ihren ansteigenden und abfallenden Wegstrecken zwischen großen Hügelketten und kleineren Felshängen nicht gerade als Radfahrweg oder Erholungsparcours empfahl, mit dem redlichen Bemühen, unsere unmittelbare Umgebung ein wenig auszuforschen. Über schneeverkrustete Erdrisse oder auch Kuhlen geriet man dabei während dieser Märsche unversehens in vereiste Bodensenken, so daß uns diese Waldgänge von Anbeginn auch eine für uns bis dahin unbekannte Art der Fortbewegung lehrten. Um diese Strecke unbeschadet zurückzulegen, war eine Umsicht und Aufmerksamkeit erforderlich, wie wir sie bis dahin im Zusammenhang mit der Aufgabe, von Punkt A zu Punkt B zu gelangen, nicht kannten. Es lag auf der Hand und sprichwörtlich bei den Füßen, daß uns die Strapazen der ersten beiden unserer wöchentlichen Märsche, fünf Kilometer zur Nordstraße hin und fünf Kilometer knapp vor Einbruch der Dunkelheit wieder zurück, für den Rest des Tages ganz ausschalteten.

Anfangs haben wir uns auf diesen langen Wegen darin geübt, in diese zweifellos unvergleichliche Gegend magische Ausstrahlung und mystische Besonderheiten hineinzuerwarten und zu beobachten. Nicht, daß es an Phänomenen mangelte, die des Erstaunens wert und der Bewunderung würdig waren, doch waren diese nicht von der Art, wie wir sie mit unserem Verständnis von Zauberei und geheimnisvollen Mächten verbunden hätten. Da war zum Beispiel das Vogelpaar, das in irgendeinem Schlupfwinkel in der Nähe der Hütte seit Winterbeginn hauste und uns allmorgendlich mit vergleichsweise heftigem Getrappel auf dem Hüttendach weckte, um so, wie wir nach einiger Erfahrung überzeugt waren, sein tägliches Futter einzufordern. Dieses Vogelpaar nun, mit dem Aussehen übergroßer Sperlinge, fast taubengroß, fiel uns schon deshalb besonders ins Auge, weil uns die beiden von Anbeginn auf unserem wöchentlichen Weg zur Bushaltestelle lärmend begleiteten, um dann, nach unserer Rückkehr am späten Mittag, den Weg von der Bushaltestelle bis zu unserer Hütte wieder mit uns gemeinsam zurückzukehren.

So unbegreiflich uns das Verhalten der Vögel in den ersten Tagen erschien, so schnell gewöhnten wir uns daran, ebenso wie an viele andere sonderbare Dinge, die in dieser Region ein fester Bestandteil der Natur und der Kultur zu sein schienen.

So war es für die Menschen hier, vornehmlich für jene, die in ihren Einhausdörfern oder in abgelegenen Gehöften nahe des Waldes oder des Sees lebten, offenbar das Selbstverständlichste der Welt, die Tiere des Waldes, insbesondere aber die Vögel, im Winter mit Nahrung zu versorgen. Es glich keineswegs der Einstellung, die wir mit dem Aushängen von Meisenringen in unseren Schrebergartenkolonien in Verbindung bringen, oder gar mit der Fütterung des Rot- und Schwarz-

wildes in unseren heimatlichen Forst-
und Jagdrevieren. Wir erlebten diese
Sitte hierzulande eher als die grundle-
gende Bereitschaft der Menschen, zu teilen und in den harten Wintern zu-
sammenzurücken. Wir hatten durchaus
den Eindruck von einer unverfälschten
Achtung der in den Wald- und Seeregio-
nen lebenden Leute gegenüber den Mit-
lebewesen im Angesicht vernichtender
Kältegrade der hiesigen Winter. Ohne zu
überlegen oder uns eines Vorbildes zu
entsinnen, wurde dieses Verhalten auch
für uns sehr schnell zur täglichen Gewohnheit.

Die indessen drei Stunden, die uns die
Tagesdämmerung erlaubte, alle wichtigen
Arbeiten außerhalb der Hütte zu erledi-
gen, wurden für uns ein erstes Richtmaß
der Stundeneinteilung. Uns blieb allerdings in der Restzeit vorherrschender
Finsternis mehr als genug Gelegenheit
und Raum, uns auf unsere eigentlichen
Interessen zu besinnen. Ich war zum Beispiel schon einige Jahre damit beschäftigt, regelmäßig wiederkehrende Grenzen
und Schranken geistiger und körperlicher
Effektivität mit Hilfe yogischer Konzepte,
wissenschaftsorientierter Strategien und
magischer Manöver in Frage zu stellen,
anzugreifen und neue Maßstäbe für gei-
stige Wirksamkeit und körperliche Kon-
trolle zu schaffen.

Natürlich war meine Beschäftigung von Jugend an mit exotischen Religionen und Kulturen, ihren Denkweisen und ihren Geheimnissen ebenso wie das Interesse an altem Wissen und Künsten für mich mehr als nur ein Steckenpferd. Auch die bloße Neugier an unerschlossenen Möglichkeiten oder vielversprechenden Entdeckungen konnte mein kontinuierliches Engagement auf diesen Gebieten nur unzureichend begründen. Ein besonderer Reiz lag fraglos für mich in der Möglichkeit, auf einen schier unerschöpflichen Reichtum an verlorenen Konzepten, ungereiften Denkspielen und schwer zu enträtselnden Praktiken zurückgreifen zu können, besonders in meinem kritischen Bemühen, das Denken in den modernen Wissenschaften und Kulturen und die Standpunkte moderner Kosmologien auf diese Weise unter Spannung zu setzen und zu hinterfragen.

An allererster Stelle jedoch war mein Mühen und Streben, gerade mit Blick auf schicksalskonzeptionelle und anpassungsorientierte Letztbegründungen oder mit Blick auf jede Art von Fremdbestimmung nebst ihren Rationalisierungen und Scheinerfolgen zumeist zu Lasten anderer doch auf Entfesselung, auf Befreiung und schließlich auf die Frage nach der Macht ausgerichtet. Das allein verhalf mir schon zu höchst konstruktiver Umtriebigkeit, zu unterhaltsamsten Erlebnishöhepunkten und zu höchst kommunikativer Ergiebigkeit. Es liegt jedoch in der Natur dieses Anspruchs, daß der Hunger mehr wächst als die Sättigung. Selbstredend hatte ich aber aus diesem Grunde auch im Laufe der Zeit auf gerade den Gebieten, die vermeintlich der Magie, der Religion oder der Zauberei vorbehalten waren, respektable Fertigkeiten und weitreichendes Wissen erworben. Nicht selten waren solche Fähigkeiten doch das Ergebnis praktikabler Mutmaßungen und der Anwendung etlicher von Regeln, Wiederholungen und Gesetzen befreiter Manöver ebenso wie das Produkt zutiefst entschlossener Vorsätze.

Unvermeidlich war dann auch der Ruf in meinem Bekanntenkreis, als Experte aller mit Magie und Zauberei zu verbindenden Kultur- und Forschungsfelder auch über eine nicht unerhebliche praktische Kompetenz zu verfügen. Ich kann nicht leugnen, daß die Attraktivität eines solchen Ansehens für diese Bereiche und ihre Themen oft mehr, als es gut ist, zur Motivation, bei ihrer Erforschung nicht nachzulassen, ihren Beitrag leistete. An meiner von solchen Motiven weithin befreiten Grundhaltung hat sich bis heute allerdings auch nichts verändert, war sie doch der Werkstoff und das Werkzeug jener Korrektur, um die es mir in meinen Schilderungen unter dem zusammenfassenden Begriff "Zauber kalt" eigentlich geht. Verbunden mit der furchterregendsten und entsetzlichsten Erfahrung meines Lebens war diese Zäsur doch der Beginn eines Abenteuers, der gegenüber sich meine größten Kenntnisse und entwickeltsten Fertigkeiten ebenso wie meine kühnste Phantasie wie das Husten einer Ameise in einem Gewittersturm ausmachte.

Dennoch war ich, meiner lustbetonten Jugend möge es nachgesehen werden, nicht wenig eingebildet auf mein vermeintlich sehr spezielles Wissen und Können zumindest auf jenen Gebieten, die in den Bereich der Magie und der Zauberei verwiesen wurden. Sicher wurde diese Einstellung in meiner sozialen Umgebung auch noch vielfach unterstützt und gefördert. Vielleicht war das deshalb so, weil viele Menschen gerne mit dem Feuer spielen oder im Gekochten, Gesottenen und Gebackenen ihre Befriedigung suchten oder um in Ausnahmefällen, wenn aus dem Spiel zu schmerzhafte Realität geworden war und es der fachkundigen Hilfe bedurfte, die eigene Haut, vielleicht um ein paar Brandblasen reicher, noch einmal zu retten. Weil man in solchen Fällen gerne und zunehmend auf mich zurückgriff, hatte sich mein Ruf als Zauberkundiger bald etabliert, allerdings von einer gefährlichen Dynamik begleitet, in deren Folge sogar die Erinnerungen an meine ursprüngliche Haltung und Idee mit ihren unbestechlichen Ahnungen verlorenzugehen drohten.

Um ein für die Beteiligten spektakuläres Ereignis herauszugreifen, denke ich an die ersten Monate des Zusammenlebens mit meiner damaligen Freundin Karin S. zurück.

*

In ihrer Wohngemeinschaft, in die ich zunächst als häufiger Gast dann schon auch wenig später eingezogen war, lebten Menschen mit den verschiedensten Interessen, Berufen und Nationalitäten. Einer von ihnen, Frank, ein Ghanaer, der im übrigen bald einer meiner eifrigsten Karateschüler wurde, hatte, seiner Lebensart entsprechend, häufig Besuch von Freunden, Verwandten und Bekannten hauptsächlich aus seinem Ursprungsland. Schnell waren Karin und ich ein Teil des ghanaischen Klüngels, von dem nicht wenige ihre Unterkünfte oder Wohngemeinschaften in der nächsten Umgebung unserer Adresse hatten.

Bei vielen folgenden Treffen, gegenseitigen Essenseinladungen und gemeinsamen Veranstaltungen entwickelte sich ein besonders intensiver Kontakt zwischen

Seth, einem entfernten Verwandten von Frank, und Karin und mir. Seth, wie auch Frank bald ein engagierter Teilnehmer unserer Karategruppe, besuchte uns häufig, und wir hatten jederzeit viel auszutauschen und zu besprechen. Einmal jedenfalls verriet mir Seth, daß er nach Abschluß seiner Ausbildung in Deutschland als erstes, wenn er nach Hause zurückkehrte, in die Lehre bei einem Zauberdoktor gehen würde, mit dem er darüber bereits vor seiner Abreise eine feste Vereinbarung getroffen hatte. Dabei hat er mir sogar sein innigstes Interesse an den traditionellen Künsten und dem alten Wissen seiner Heimat bekundet und mich unaufgefordert damit zu trösten versucht, daß magisches Denken in seinem Lande eher respektiert und hoch angesehen würde als es in der deutschen Kultur, die in ihrer Aufklärungsarroganz noch Gefahr liefe, ihre Wurzeln zu verlieren, gewöhnlich der Fall war. Ich hatte sogar Zweifel, daß ein derartiger Verlust denkbar war, weil ich bei aller Mühe solche Wurzeln in meiner Kultur nicht ausfindig machen konnte. Diese und viele andere Gespräche und Begegnungen wiesen aus, daß wir zu Seth ein vertrauteres und persönlicheres Verhältnis als zu den meisten seiner übrigen Landsleute aufgebaut hatten.

Als Frank dann etwa eine Woche nicht mehr in der Wohnung auftauchte und wir damit begannen, uns Sorgen zu machen, fragten wir natürlich Seth um Rat. Der versprach schnelle Hilfe, doch hörten wir auch von ihm in der nächsten Zeit dann nichts mehr. An irgendeinem der folgenden Tage, es war am späten Nachmittag, öffnete ich nach besonders stürmischem Klingeln und Klopfen einem mir unbekannten Ghanaer die Tür. Er sei, teilte er mir kurz mit, der Bruder von Frank und würde gerne in dessen Zimmer hineinkommen, um Franks Sachen abzuholen. Ich weigerte mich, ihn hereinzulassen und erklärte, es fehle mir ob seiner Identität jeder Anhaltspunkt, außerdem wüßte ich nicht, wo Frank sich zur Zeit aufhalte. Mürrisch stellte sich der Mann als Isaac vor und betonte noch einmal, daß er der Bruder Franks sei und daß Frank nicht kommen könnte, da er von der Polizei verhaftet worden wäre. Dann sollte es nicht schwer sein, wies ich Isaac zurecht, daß er sich bezüglich des Eigentums von Frank eine Vollmacht ausstellen ließe, erst dann könnten wir über sein Ansinnen sprechen. Wütend und wortlos drehte er um und polterte die Treppe hinunter. Er solle fernmündlich einen Termin mit uns verabreden, wenn er die Vollmacht hätte, rief ich ihm noch hinterher.

Als Karin davon erfuhr, erklärte sie mir, daß sie Isaac kenne und daß dieser ihr gegenüber schon einmal ausfällig und fast gewalttätig geworden wäre. Sie bat mich, im Falle seines zu erwartenden Besuches doch die Abwicklung für sie zu übernehmen.

Das nächste Mal war Isaac weder unfreundlich noch mürrisch, als ich ihm die Tür öffnete. Ich konnte also meine Bereitschaft zur sofortigen Handgreiflichkeit gleich wieder einparken. Jedoch war er in der Begleitung eines Landsmannes, der offenkundig in allem das genaue Gegenteil von dem war, was den angeblichen Bruder von Frank, so wie dieser an der Türschwelle stand, ausmachte. Klein, vielleicht 1,60m bis 1,65m, drahtig und auf ausdrucksvolle Weise unruhig und nervös war sein Begleiter. Isaac, circa 1,85m bis 1,90m groß, hingegen schien die Ruhe in Person zu sein und übergab mir Vollmachten sowie Beglaubigungsschreiben und einen kurzen Brief von Frank, in dem er sich für alles herzlich bedankte und sich auf wahrscheinlich Nimmerwiedersehen verabschiedete, nicht ohne alle anderen auf diesem Wege noch einmal zu grüßen.

Ich begleitete die beiden also bis zu Franks Zimmer und ließ sie dann wirtschaften und Franks Eigentum zusammentragen und abtransportieren. Während dessen saß ich zwischen Flur und Küche und beobachtete sie beiläufig bei der Arbeit. Das kleine, drahtige Kerlchen hatte etwas von einem Klabautermann. Immer wieder mühte er sich, mir kurze blitzende Blicke zuzuwerfen, und einige seltsame Verspannungen in seinen Bewegungen sollten vielleicht auf seine Gefährlichkeit aufmerksam machen. Ich hatte meine Brille nicht auf und war ohnedies visuell schwer ansprechbar. Ich nehme an, daß dieser Umstand seine Bemühungen steigerte, aber ich blieb ein undankbares Publikum, zumal ich recht froh darüber und deshalb entspannt war, daß es alles in allem doch schnell und leise über die Bühne ging.

Das geschah an irgendeinem Wochenanfang. Zwei Tage später, also in der Mitte der Woche etwa, es muß zwischen 21:00 Uhr und 22:00 Uhr gewesen sein, stürzte Karin heftig erregt in mein neues Zimmer - es war jenes Zimmer, aus dem Frank vorgestern ausgezogen war und das ich gerade bemüht war, für mich einzurichten - und hatte mir von einem ungeheuren Schrecken zu berichten. Sie sei zweimal in ihrem Zimmer von einer unsichtbaren Kraft so heftig gestoßen worden, daß sie beim zweiten Mal derart gegen ihren Schreibtisch gestolpert wäre, daß eine Lampe dabei zu Bruch gegangen sei. Ohne mich ginge sie da nicht mehr rüber.

Wir begaben uns also zusammen in ihr Zimmer und räumten erst einmal provisorisch auf. Auf zwecklose Spekulationen und hintersinnige Diskussionen wollten wir im Augenblick auch verzichten und statt dessen einfach noch in Ruhe eine Tasse Tee trinken, um dann als nächstes Zuflucht und Ruhe in einem frühen Schlaf zu suchen.

Nachdem sich nichts mehr rührte und die Zimmernachbarin noch zu uns gestoßen war, fiel es uns ausgesprochen leicht, dieses Thema ganz unter den Teppich zu kehren. Zweimal vergewisserte ich mich dann, während einer indessen angeregten Unterhaltung zwischen Karin und ihrer Zimmernachbarin, ob ich sie wohl beide noch für eine Viertelstunde allein lassen könne, um ein paar Dinge in meinem neuen Zimmer zu Ende zu bringen. Sie hatten beide kein Problem damit, und ich machte mich an die Arbeit.

Als ich nach einiger Zeit die zwei dann lauthals schreien hörte, war ich bereits an der Tür von Karins Zimmer, bevor die ersten Mitbewohner der Wohngemeinschaft auf den Flur traten, und gab ihnen flugs, noch ehe sich ein Gespräch entspinnen konnte, eine plausible Erklärung: "Eine riesengroße Spinne", teilte ich ihnen mit und drückte gestenreich meine Hilflosigkeit aus. "Hat jemand vielleicht ein Weckglas oder etwas ähnliches", fuhr ich fort, und einige kehrten kopfschüttelnd auf ihre Zimmer zurück und andere gingen, weil sie schon einmal in der Zugluft standen, zur Toilette oder zu dem Kühlschrank in der Küche.

Schnell war ich bei den beiden im Zimmer. Die Nachbarin hielt Karin mit beiden Händen an den Schultern fest und machte einen sehr verstörten Eindruck. "Diesmal war es ein richtiger Schlag", kaute Karin die Worte förmlich heraus, und Pia aus dem Nachbarzimmer nickte und sagte nur: "Ich habe es gesehen." - "Wo?" fragte ich. "Es sah aus wie ein Schlag ins Gesicht, ihr Kopf schlug richtig nach hinten", stellte Pia fest, sie zitterte nicht weniger als Karin. Mir fiel nichts dazu ein. Nur eine beißende Neugier begann sich meiner zu bemächtigen. Pia entschuldigte sich und verließ das Zimmer. Ich sicherte ihr zu, ein Ohr in ihre Richtung freizuhalten, um notfalls jederzeit bei ihr sein zu können. Karins Kinnlade war leicht angeschwollen und es sah nach einem kleinen Bluterguß aus. Sie meinte, das Sprechen falle ihr schwer, und ich solle nun nicht mehr fortgehen. Wir erledigten deshalb in der nächsten Viertelstunde alles gemeinsam und beschlossen, heute ausnahmsweise einmal um Mitternacht im Bett zu liegen. Gerade, als ich in der Schlafnische das Bett zurechtgezogen hatte und wieder in den größeren Teil des Raumes trat, sah ich

Karin mitten im Raum aufrechtstehend und den Blick fest an die Tür zum Flur geheftet, als sie vor meinen Augen wie durch einen mächtigen Ruck hochgewirbelt wurde, während sie den Oberkörper nach vorne bog, um dann polternd wie nach einem mißlungenen Sprung wieder auf die Füße zu fallen, und das zweite Mal heute gegen ihren Schreibtisch prallte. Keinen Ton gab sie von sich und nur die weit aufgerissenen Augen zeigten einen Schock an, als hätte sie Entsetzliches gesehen. Mit beiden Händen hielt sie sich den Magen.

Maßlose Wut und eiskalte Neugier dominierten in diesem Augenblick mein inneres Team. "Ha", gab ich unmißverständlich scharf geschnitten und martialisch einen einzigen Laut von mir und fügte mit ruhiger Stimme hinzu: "Ich will es wissen, also komm zu mir!" Es war meine tiefe Überzeugung, daß etwas, das imstande war, mich zu packen oder anzugreifen, auch von mir gepackt, angegriffen und zerquetscht werden konnte. Ich wartete einen Augenblick nicht ohne Lust, bis wir dann sehr bald beide warteten, irgendwann nur noch dastanden und nichts weiter geschah.

Wir legten uns ins Bett und waren, dem Schock sei Dank, fast lichtschnell eingeschlafen. Kaum jedenfalls war das Licht aus, konnte sich keiner von uns beiden mehr an irgendetwas erinnern. Licht! Ich weiß nicht, es war hell im Zimmer, vielleicht von draußen vor dem Fenster. Ich wurde wach, weil Karin an meinen Haaren zog, und ich blickte sofort zu ihr hoch. Sie saß mit dem Rücken an die Wand gepreßt mit weit aufgerissenen Augen neben mir und wollte nicht loslassen.

Ihre Blickrichtung ließ mich meinen Kopf wenden und mir blieb fast das Herz stehen. Zumindest stockte sofort mein Atem. Dort saß an der gegenüberliegenden Wand ein riesiger Stammeskrieger wie ein überlebensgroßer Sumoringer. Über und über behängt mit Ketten aus Raubtierzähnen, Federn und aufs kriegerischste bemalt. Wäre es nicht so absurd, hätte ich ihn bei seinem vertrauenerweckenden Gesichtsausdruck für das freundlichste menschliche Wesen gehalten, dem ich je begegnet war. Es war mir wohl nur zum Lachen und zum Schreien und doch konnte ich Karin gerade noch fragen: "Siehst du..." - "... den riesigen, fetten Krieger gegenüber...", fuhr sie fort. Jetzt schrie ich doch mit aller Kraft und konnte nicht aufhören zu lachen und wollte, um endlich Kontakt aufzunehmen mit dem ewig Unbegreiflichen, auf die Beine kommen, um zu kämpfen wie ein Mann, da war schon alles vorbei. Karin bedankte sich bei mir überschwenglich, und wir konnten endlich Licht anmachen. Ich war mir über irgendwelche Kausalitäten und Zusammenhänge in dieser Sache in keiner Weise klar, und weder die aufkommende Idee einer kleinen Massenhysterie noch der Gedanke, es könnte sich doch um ein magisches Grenzproblem oder gar etwas Übernatürliches gehandelt haben, wollten mir schlüssig erscheinen. Es war nun einer meiner Persönlichkeitsmerkmale, jedweder Spekulation gegenüber zutiefst abgeneigt zu sein. Wenn dann diese oder andere Schlachten an irgendwelchen Knotenpunkten meiner Gegenwart nicht zu meinem Nachteil entschieden wurden, so schien das in den Augen vieler Freunde und Menschen, die in derlei Dinge verwickelt waren, begründbarer als für meinen eigenen Verstand. Das schloß mein stetig anwachsendes Interesse für das Unbegreifliche und Unmögliche ebensowenig aus wie die verhängnisvolle Neigung, kurzfristigen sozialen Vorteilen nicht aus dem Wege zu gehen. So war neben vielen anderen Menschen in meinem Bekanntenkreis auch ich bis an den Rand der Vorsätzlichkeit mal mehr und mal weniger von meinem zauberischen Können und Wissen überzeugt.

Auch das, was mir Seth später zu erklären wußte, war eher Wasser auf die verhängnisvollen Mühlen meiner Selbstgefälligkeit. Er erzählte uns nämlich auf unsere Nachfrage etwa drei Wochen später, daß Isaac sich einen Zauberer gemietet hatte, der einen sehr finsteren und glaubhaften Ruf hatte, um sich erstens vor mir und Karin zu schützen und uns zweitens nachhaltig zu schädigen und zu verletzen. Meine Beschreibung des kleinen, drahtigen Kerlchens war für Seth eine Bestätigung dafür, daß es sich um den nämlichen Zauberer gehandelt hatte. Frank, erzählte er uns weiter, sei von der Ausländerpolizei aufgegriffen und des Landes verwiesen worden, und Isaac sei seit jenen Tagen nirgendwo mehr aufgetaucht und ebenso spurlos verschwunden wie der berüchtigte Hexenmeister. Unsere Vermutung, Isaac sei vielleicht nach Ghana zurückgekehrt, auch seines Bruders wegen, wies Seth mit bitterer Miene zurück. Zum ersten, klärte er uns auf, wäre Frank gar nicht der Bruder von Isaac und zweitens hätte dieser seine hervorragende Stellung als Kfz-Meister in einer großen Autowerkstatt niemals freiwillig aufgegeben. Zudem stammten sie aus demselben Dorf, und auch dort habe man nichts mehr von ihm gehört.

*

Wenn ich mir nun später in unseren winterlichen Tagesbewältigungen in Lappland auch fast schon gelangweilt mit dem überheblichen Teil meines Denkens und dem Blick auf meine vermeintlich hervor-

ragenden Voraussetzungen, das Unbegreifliche und Unmögliche zu kreuzen
und auf meine Seite ziehen zu können,
immer wieder Zweifel an dem Ort und den
Umständen meiner Gegenwart einredete,
so ernüchterte ein ungebrochener Re-
stinstinkt und eine nie sterbende Ahnung
mich doch immer wieder zur kompromißlosen und befreiten Konzentration auf
den nächsten Schritt. Denn ich konnte
nicht gut wissen, daß mir mit den so
glanzvollen Erfahrungen und Erlebnissen
im Rücken jene trügerische Einbildung
zuwuchs, die in dem Schock ihrer Nich-
tigkeit, weil sie auf unbestreitbare Mächte
stieß, ihr schmerzhaftes Ende finden
mußte, und ich beinahe mit ihr, wäre ich
vollends an sie gefesselt gewesen.

Lappland

(Teil 3)

Selbstverständlich wäre es aus heutiger Sicht etwas gekünstelt zu behaupten, daß einschneidende Ereignisse ihren Schatten vorauswerfen. Es war jedoch schon der erste gravierende Eindruck am frühen Morgen unseres Inari-Einkaufstages, daß sich nämlich unsere Vögel nicht zum Füttern einfanden, der bei uns Sorge und Spekulationen auslöste. Als wir nach etwa 150 Metern noch einmal einen Blick zurück auf die Hütte warfen, konnten wir minutenlang unseren Blick nicht mehr lösen von dem, was wir sahen.

Ein übergroßer Raben- oder Krähenvogel saß auf dem Rande des Hüttendaches, unbewegt und wie gegossen und pechschwarz. Ich will gar nicht versuchen, die visuelle Gewalt wiederzugeben, die ein so großer, tiefschwarzer Vogel vor dem Hintergrund schneebedeckter Flächen anzusprechen vermochte, aber zu allem Überfluß war es auch seine ungewöhnliche Größe, die dem Reflex, ihn zu vergleichen oder nach Merkmalen des Wiedererkennens zu erforschen, unerbittlich widerstand.

Unsere montäglichen Begleiter aus der Vogelwelt hingegen waren nirgends zu sehen.

Wir merkten erst nach einer Weile des Glotzens und des Stierens, wie still es geworden war.

Nachdem wir uns dann doch langsam in Bewegung gesetzt hatten, um unseren Bus an der Nordstraße nicht zu verpassen, hing jeder während des ganzen Weges seinen sicherlich eigensten Phantasien hinterher, denn wir haben erst sehr viel später über den Anblick des schwarzen Riesenvogels und alle damit verbundenen Eindrücke gesprochen.

Mit dem fortschreitenden Jahr hatte sich auch das Dämmerlicht der Tageszeit kürzer und diffuser über dem Horizont verteilt. Das Wolkenaufkommen entsprach einer sturm- und regengeladenen Nordseeatmosphäre im Tiefherbst, allerdings ohne Wind und Niederschlag. Schnee und Eis spiegelten den bereits wieder schwindenden Tagesanbruch.

Vor der Bari, in der wir an diesem Tag nach besonders schneller Erledigung unserer Einkäufe bei Tee und Kaffee saßen, um uns mit dem Beobachten der Menschen durch das große Schaufenster, das neben der Eingangstür der Bari den Blick auf den einzigen freien Platz im Herzen dieses Dorfes freihielt, die Zeit zu vertreiben, hatte sich eine spiegelnde Eisfläche gebildet. Es war unterhaltsam, den Pas-

santen bei ihrem zumeist ungeschickten
Bemühen, diese Fläche zu überqueren,
aus der gemütlichen Perspektive des kaf-
feeschlürfenden Voyeurs zuzusehen.

Vier weitere Personen hielten sich außer
uns noch in dem Gastraum auf, unter ihnen auch, wie jedesmal, jener Mann, den
ich vor zwei Wochen gewagt hatte, nach
dem ortsansässigen Schamanen zu fragen. Hierzulande, das hatten wir bald ge-
lernt, war ein derartiges Gespräch schon
das Erscheinungsbild einer engeren Be-
kanntschaft. Wir hatten uns auch bereits
durch verhaltenes Zuwinken begrüßt. Es
schien uns alles fast vertraut, und es
kam uns im Augenblick so vor, als wären
wir, die beiden Touristen, inzwischen ein
fester Bestandteil der montagmittäglichen
Verweilpause in der Bari in Inari.

Eine Ansammlung Jugendlicher und Kinder vergnügte sich indessen an und auf
der Eisfläche mit Glitschen und mit wag-
halsigen Kunststückchen oder damit,
sich gegenseitig aufs Glatteis zu schub-
sen, und hielt unsere Aufmerksamkeit in
ihrem verspielten Bann. Deshalb waren
wir, wie offenbar die Jugendlichen auch,
die plötzlich in alle Richtungen auseinan-
derstoben, vollkommen überrascht von
dem kleinen Sami, der gerade die Eisfläche betreten hatte, einen Augenblick verharrte und dabei seinen Kopf in schneller

Folge, so als würde er eine Witterung aufnehmen, wendete und drehte. Es mußte ein Sami sein, denn er war vollständig bekleidet mit jener traditionellen Ausstattung, die ich in Ermangelung eines besseren Wissens als eine regionale Tracht zu erkennen glaubte. Seine auffällige Kleinwüchsigkeit wurde durch das krause, lange Haar, das ihm ungebändigt vom Kopf abstand, auf eine unvergleichlich wilde und gefährliche Weise betont, daß es schon etwas Raubtierhaftes hatte. Seine Kleidung, schwarz wie die Haare, war ganz nach der landesüblichen Art mit farbigen Flicken - ich kann mich an Rot, Weiß und Blau erinnern - verschiedener Muster benäht und geschmückt. Er trug keine Kappe oder Mehrfachzipfelmütze, wie ich sie sonst bei traditionell gekleideten Sami gesehen hatte, aber seine Haarpracht ließ das wahrscheinlich auch nicht zu.

Viel Zeit blieb ohnehin nicht, seine Erscheinung genauer zu betrachten, denn er hatte sich zügig und zielstrebig wieder in Bewegung gesetzt. Über die Eisfläche lief er - nein, rollte und rutschte er - schnell und gradlinig wie ein Motorschlitten auf die Eingangstür unserer Bari zu. Wir hingen mit unseren Augen so gebannt an dieser Figur und ihren beispiellos schnellen und unheilvoll schlüssigen Bewegungen, daß wir erst durch umfallende Stühle und Fußgetrappel hinter unserem Rücken wieder unseres Platzes in der Gaststube gewärtig wurden.

Erschrocken stellten wir fest, daß alle vier Männer, die mit uns den Gastraum bevölkert hatten, die Flucht ergriffen und zum Hinterausgang am gegenüberliegenden Ende des Raumes hinausdrängten. Der letzte, offenbar der Wirt, nahm Deckung hinter seiner Theke, denn schneller, als es zu erwarten gewesen war, schlug die Vordertür auf und dieses unheimliche Energiepaket von einem Menschen stand für einen sehr kurzen Augenblick mitten im Raum - Haare, Arme, Beine und eine unabweislich raumübergreifende Präsenz. Es sah aus, als wolle er sich orientieren, und er wendete dabei einmal kurz sein Gesicht in unsere Richtung.

Das war der zweite und größte Schock für mich in diesen Sekunden. Denn bei aller Neugier und größter Mühe und wohlgeübter Anstrengung - ich konnte sein Gesicht nicht sehen und die Augen schon gar nicht, obwohl es gerade die waren, die mein Blick zu treffen suchte. Immer, wenn ich mich später erinnern wollte, was genau ich denn gesehen hatte, als ich darum kämpfte, das Gesicht dieses seltsamen Menschen zu erfassen, erschien es mir wie altgewordenes, verrunzeltes, aber konturloses Leder.

Im nächsten Moment befand er sich schon acht Meter weiter an der Theke auf der Leiste stehend und dort, mit einem Arm weit übergebeugt wie eine zum Leben erwachte Angel den Wirt hinter der Theke hervorzerrend, in einer derart geschwinden Abfolge, daß es mir wie ein Standbild erschien. Wir sahen noch, wie der kleine Mann denjenigen, den wir für den Wirt hielten, hinter sich herzog. Der zitterte am ganzen Körper, aber er trottete schicksalsergeben hinter der wilden Riesenhummel her.

Wenn sich auch bald danach, als wäre nichts geschehen, wieder die drei Stammgäste in dem warmen Schankraum eingefunden hatten, so blieben der Wirt, oder wer auch immer das war, und der kleine Mann verschwunden. Ich sah zum Nachbartisch hinüber, wo unser alter Auskunftsbekannter über irgendeinem heißen Getränk saß, und er wich meinem Blick nicht aus. So fühlte ich mich veranlaßt, ungeachtet der Gewißheit, daß der freundliche Nachbar mich nicht verstehen konnte, ihn direkt anzusprechen und ernsthaft zu fragen: "Sagen Sie, war das einer von der Trachtengruppe?" Er winkte uns zu sich herüber und begann zu unserer Überraschung auf deutsch zu flüstern: "Das war für uns alle ein wenig peinlich. Ich muß mich bei Ihnen entschuldigen, denn tatsächlich haben Sie

denjenigen, der in unserer früheren Kultur zu den Schamanen gezählt hätte,
heute gesehen. Und ich sage es Ihnen
ehrlich nur ein einziges Mal: Niemand
hier im Ort oder anderswo würde das
Fremden gegenüber zugeben, und unter-
einander verbietet es sich von selbst,
darüber zu sprechen." Alles, was er wüßte
über diesen Mann, sei nur Unheilvolles
und nichts, mit dem sich ein Christen-
mensch freiwillig in Verbindung bringen
sollte, zumal - das konnten wir doch
heute selber hautnah erleben - alles, was
man diesem Mann an finsteren Machenschaften und unheimlichem Können und
Fähigkeiten zuspräche, einfach wahr sein
mußte.

In seinem Redefluß merkte er es langsam, daß er meine Neugier eher beflügelt
als abgekühlt hatte. Als ich ihn dann
auch noch fragen wollte, ob er mir wenigstens sagen könnte, wo ..., unterbrach er mich schon im Ansatz mit der
energischen Feststellung: "Nein, mehr
werde ich nicht dazu sagen, und Sie
können sich sicher sein, niemand hier
...", er machte eine umfassende Geste
mit der Hand, "... niemand hier wird Ihnen da weiterhelfen." Im übrigen gäbe es
keine Adresse oder einen festen Ort, an
dem nach diesem Mann gesucht werden
könne, denn er lebe wirklich noch wie in
der Vorzeit.

Ich konnte den Mißmut unseres Ge-
sprächspartners doch wieder etwas versöhnen, weil ich ihm mit geradezu
euphorischem Nachdruck versprach, auf
seinen Rat zu hören und ihm aus tiefster
Überzeugung für seine Aufrichtigkeit
dankte. Unsere kleine Irritation darüber,
daß wir uns in der deutschen Sprache
verständigen konnten, erklärte er damit,
daß viele seiner älteren Landsleute noch
der deutschen Sprache mächtig wären,
jedoch nach dem verlorenen Krieg eine
tiefe Abneigung dagegen entwickelt hatten, sie zu sprechen.

Wir verabschiedeten uns an diesem frühen Nachmittag als gute Nachbarn. Die
euphorische Gewißheit, die es mir so
leicht machte, auch noch einen guten
Eindruck bei meinem Gesprächspartner
zu hinterlassen, hatte natürlich völlig
entgegengesetzte Gründe.

Kirsten und ich verständigten uns auf
dem langen Rückweg darüber, daß wir
tatsächlich nicht nur, wenn auch im ent-
scheidenden Augenblick jeder für sich,
das gleiche erlebt und gesehen hatten,
sondern daß wir auch von derselben inneren Sicherheit erfaßt waren, hier auf
mehr als nur einen ersten Anhaltspunkt
in der Suche nach authentischen und
unabweislich echten Zaubertraditionen
gestoßen zu sein. Wir wußten es auf dem

ganzen Weg zur Hütte zurück - wir steckten mittendrin, und es war eher logisch, daß sich ein derartiges Wissen nicht mit konventionellen Abfolgen oder mit lern- und studienüblichen Initiationsschritten decken mußte.

Es war zu dunkel, als wir uns der Hütte näherten, um noch nach irgendetwas Ausschau zu halten.

Lappland

(Teil 4)

Ein Feuer zum Aufwärmen, ein kurzer
Imbiß für die späte Abendstunde oder ein
heißer Tee bei kurzweiliger Lektüre waren
inzwischen an jedem Einkaufsmontag die
Dinge, mit denen wir dem zu Ende ge-
henden Tag noch etwas Gemütlichkeit
verliehen. An diesem Abend allerdings
drang die Stille des umliegenden Waldes
unter seiner Puderschneedecke bis an
den offenen Kamin vor. Für unsere zivilen
Verhältnisse zogen wir uns dann auch
bald, etwa gegen 22:00 Uhr, auf unsere
Schlafpritschen zurück. Wir waren bemüht, die zwei Wolldecken, die jedem von
uns zur Verfügung standen, noch mit der
Wärme unserer Körper und der der Zim-
mertemperatur anzureichern und sie
vielleicht eine kurze Frist zu speichern,
solange noch Glut im Kamin flackerte. So
dämmerten und dösten wir mit dem ver-
löschenden Feuer gewöhnlich langsam ins
Reich der Träume und des Tiefschlafs
über und hatten dabei viel Zeit, unsere
kreisenden Gedanken gegen den Uhrzei-
gersinn auszubremsen.

Ich muß mich im Schlaf bereits einmal
voll gewendet haben, denn ich blickte gegen die naturbelassene Blockhüttenwand,

die in der letzten Rotglut des Kamins ihr eigenes Schattenleben führte, als ich, erschreckt durch eiskalte Luft auf meinem Rücken, unwillig die Augen aufschlug. Fassungslosigkeit bis an den Grad der Verwirrung machte mich einige Augenblicke bewegungsunfähig, als ich die offene Eingangstür sah, nachdem ich mich, nach der Kälte forschend, umgedreht hatte. Meine Pritsche stand an der gegenüberliegenden Wand zum Hütteneingang, der allerdings, wenn wir zu Bett gingen, von uns doppelt verriegelt und abgeschlossen wurde. Darüber hinaus hing zur Wärmedämmung über dem Türrahmen noch der Vorhang aus einer schweren Decke, die wir in der kleinen Unterkellerung unserer Behausung gefunden hatten. Das ergab zwischen der Tür und ihrem Innenrahmen noch ein kleines Luftpolster und war isolationstechnisch ein großer Zugewinn. Der Vorhang beziehungsweise die Decke war zur Seite geschlagen und die weit offene Tür bewegte sich leicht im Luftzug. Nach einer kurzen Erstarrung hielt mich nichts mehr auf der Pritsche, und ich sprang förmlich mit wenigen Schritten zur Tür. Von der dunklen Stille draußen wollte ich nichts sehen und hören und zog die Tür, als ich endlich ihre Klinke fühlte, im Affentempo zu und verhaspelte mich in der Eile, sie wieder zu verriegeln und zu verschließen.

Ich zupfte noch den Vorhang zurecht, als mich Kirsten fragte, was denn da los sei. Ich bat sie, mir zu helfen, und etwas ungnädig kam sie meiner Bitte nach. Wo denn das ganze Wasser und der Schnee auf dem Hüttenboden herkämen, wollte sie wissen, und ich berichtete ihr, was ich wußte. Schweigend beseitigten wir die nassen Überreste und krochen unter unsere Wolldecken zurück. Die Glut war fast nicht mehr zu sehen, und von draußen schien die Stille durch jede Ritze ins Haus zu dringen.

Am Morgen zur Frühstückszeit fanden sich unsere Vögel zur Fütterung nicht ein. Ansonsten konnten wir bei allem Argwohn nichts Auffälliges entdecken. Erst wieder bei Tee und Kerzenschein am folgenden späten Abend, wir wollten uns gerade zum Lesen zurückziehen, hörten wir einmal einen dumpfen Aufschlag auf dem Dach unserer Hütte. Sofort mußten wir an den großen, schwarzen Vogel denken, den wir zwei Tage zuvor auf unserem Dach beobachten konnten und stellten entsprechende Mutmaßungen an. Jedoch auch wenn es nur der große, schwarze Vogel sein konnte, dessen Aufprall wir einmal kurz gehört zu haben glaubten, so wollte doch keiner von uns den Versuch unternehmen, einmal nachzusehen. Da wir offensichtlich wieder einmal unsere Taschenlampen vor uns selber versteckt

hatten und auf eine Petroleumfunzel an-
gewiesen waren, hielt es jeder von uns
auch für aussichtslos, mit dem trüben
Licht einer Petroleumlampe irgendetwas
erkennen zu wollen.

Etwas unruhig geworden, gingen wir deshalb an diesem Abend schon bei hellem
Kaminfeuerschein ins Bett und mühten
uns, Tür und Fenster im Auge zu behal-
ten.

Ich erwachte, als hätte ich keinen Augenblick geschlafen. Das Feuer war längst
erloschen und es gab auch keine
Glutschatten im Zimmer mehr zu sehen.
Nur das durch die Fenstergardine ge-
trübte und fahle Mondlicht zeichnete ver-
traute Umrisse in den Raum - nicht ganz
vertraut, begriff ich schockartig, als sich
von dem Vorhang an der geschlossenen
Hüttentür langsam ein Umriß löste. Ein
schneller Blick zur anderen Pritsche, und
ich mußte ausschließen, daß Kirsten ihr
Bett verlassen hatte. Sie war auch durch
mein dann schnell folgendes, ersticktes
Rufen nicht zu wecken.

Am eigenen Leib nun und an eigener
Seele mußte ich höchstselbst erfahren,
als welch vergeblicher Versuch, den bereits entrichteten Preis des Todes vor-
zutäuschen, sich archaische Panik mit all
ihrer Enge und Starre erwies, wenn sich

die Kreatur Mensch der unabweislichen Gefahr ihrer Auslöschung oder einer gnadenlosen Gewalt gegenübersieht. Der Umriß, der indessen den halben Raum durchquert hatte, war für mich, das wußte ich plötzlich ganz genau, das Einzige, dem ich in meinem Leben nie begegnen wollte. Mir blieb nur der Weg zurück, und ich preßte meinen Körper gegen die Wand, als wollte ich die Balken herausdrücken.

Dabei bemerkte ich zunächst nicht, daß die Gestalt, deren Umrisse aufs Unangenehmste immer deutlicher auszumachen waren, mitten im Raum verharrte. Für mich wälzte sich einfach ohne Unterbrechung ein unentwirrbarer Druck von Gefahr, Bedrohung und finaler Not auf mich zu. Tiere auf der Flucht vor einem Großbrand in der Steppe mochten so fühlen wie ich in jenen Augenblicken. Ich spürte derart deutlich die Ritzen zwischen den Balken und die Kälte, die durch sie hindurchdrang, daß es mir erschien, als könnte ich mich mehr und mehr in diese Kälte hineinschieben, ja, als zöge sie mich wie ein eisiger Strudel hinaus, irgendwohin, nur nicht dorthin, von wo ich unbedingt fortwollte.

Ich wußte zunehmend weniger, was bedrohlicher war, diese Schattengestalt inmitten der Hütte, in der ich unterdessen den kleinen Mann, der offensichtlich in den Augen anderer so furchterregend schien, zu erkennen glaubte, oder die saugende Kälte in den Ritzen und Spalten der Hüttenwand, die nur durch den stetigen Wind, der leicht und sachte, aber kontinuierlich gegen die Rückseite unserer Wohnstatt blies, daran gehindert wurde, mich vollends aus dem Haus zu frieren. Ich war außerstande, einen einzigen Laut von mir zu geben und war mir langsam sicher darin, es hier mit jenem unheimlichen Menschen oder was auch immer er tatsächlich sein mochte, zu tun zu haben, dessen Gesicht ich schon in der Bari von Inari nicht sehen oder ertragen konnte.

Als würde ein Schloß einrasten, hob der kleine Mann im Augenblick meiner Gewißheit seinen Arm in meine Richtung, und der schien hinter meinem nächsten panischen Rückzugsanfall herzuwachsen und erreichte die fast dreifache Länge seiner ursprünglichen Größe, bevor sein Griff meinen Arm packte und mich, anders kann ich es nicht beschreiben, mit übermenschlicher Gewalt aus den Ritzen und Spalten der Hüttenwand in den Wohnraum zurückriß. Ich rutschte wegen der Kraft und Geschwindigkeit, mit der das geschah, von meiner Pritsche herunter und polterte unsanft auf den Boden. Meine Augen wandte ich nicht von ihm ab, und da sah ich, daß der Grund für die

Verlängerung seines Armes ein seltsam geformter Knüppel war, den er in der Hand hielt. Selbst bei dem kaum vorhandenen Licht war es mir möglich, einen Stock auszumachen, der sich ähnlich wie ein archaischer Wanderstab auf seine Hand zu konisch verjüngte und an seinem erhobenen Ende mit einem dicken Knauf abschloß, alles in allem jedoch zu schlank für eine Keule, aber auch zu kurz für einen Gehstock. Womit aber hatte mich der unheimliche, kleine Mann um Himmels willen, dessen Gesicht immer noch im Schatten blieb, denn bloß ergriffen?

Ganz im Bann des erhobenen Knüppels, dessen Konturen mir schon deshalb genau im Gedächtnis blieben, weil es so aussah, als sollte er doch noch seinen todbringenden Zweck an mir erfüllen, bemerkte ich nicht sofort, wie die Gestalt zu schrumpfen begann. Es ging so schnell, daß, als das unübersehbar wurde, mir gar keine Zeit mehr für irgendeinen Reflex oder gar einen Gedanken blieb, als ich mit ansehen mußte, wie seine Gestalt zu einem vielleicht faustgroßen, finsteren Etwas wurde und sich vergleichsweise behäbig auf den Kamin zu bewegte, um darin zu verschwinden.

Fast hätte ich das Flattern und Schlagen großer Flügel auf dem Dach überhört. Am ganzen Körper zitternd, suchte ich die verbliebenen Reste meiner Orientierung wieder zusammen und die Streichhölzer, um dann nach zwei schwankenden und kreisenden Minuten endlich eine Kerze zu entzünden.

Kirsten schlief immer noch wie betäubt. Das improvisierte Kreuz, welches ich am Vortage aus Pfeifenreinigern gebastelt und aus einem tiefen, anerzogenen christlichen Instinkt wie zum Schutz über meinem Bett an der Wand befestigt hatte, lag, in zahllose kleine Teile zerrissen, über den ganzen Boden der Hütte zerstreut.

Noch lange vor Tagesbeginn saßen Kirsten und ich bald darauf bei Kerzen- und Feuerschein an unserem Tisch, und endlich begann Kirsten, nachdem sie eine halbe Tasse Tee geleert hatte, zu sprechen und sagte: "Ich hatte einen schrecklichen Traum heute nacht."

Nordlicht

(Teil 1)

Dichtes Schneetreiben hatte eingesetzt. Wir standen abmarschbereit vor der Tür unserer Hütte und mir fiel auf, daß wir seit Beginn der Frost- und Schneezeit noch nie eine so hohe Konzentration und eine derart große Menge an flockigem Niederschlag erlebt hatten. Aber weder von dem Schneevorhang noch von der inzwischen fast nur dämmrigen Helligkeit in der verbleibenden zweieinhalbstündigen Tagesfrist wollten wir uns, auch trotz bereits sehr schlechter Sichtverhältnisse, abhalten lassen. Wir hatten unser Unternehmen vor drei Tagen, unmittelbar nach jener furchtbaren und aufregenden Nacht, die uns noch in den Knochen saß, schon einmal aufgeschoben. Nun waren wir sicher, daß die Umstände nicht besser und die Gelegenheiten nicht günstiger werden konnten. Es sollte die erste und letzte zweckfreie Exkursion in der unmittelbaren Umgebung unserer Hütte werden, denn weder die Sichtverhältnisse noch das Wetter ließen uns viel Raum für die Planung weitreichender Erkundungsausflüge.

Der Pfad, dem wir folgten, war, wie alle wirklichen oder vermeintlichen Wege in diesen Wäldern, von Anbeginn nicht an irgendwelchen äußeren Merkmalen wie etwa einem ausgetretenen Trampelpfad zu erkennen, sondern eher über seine leichte Begehbarkeit direkt mit den Füßen zu erschließen. Unsere Trittsicherheit und unsere Entschlossenheit, so tief wie möglich in den Wald vorzudringen, lieferten uns die nötige Balance, uns mit fast ehrgeiziger Eile voranzubewegen. Auf und ab in kleinen und in großen Bögen, manchmal dem Scheine nach die halbe Strecke wieder zurück, um einen Hügel zu umgehen, den wir als solchen nicht einmal ausmachen konnten, oder eine Sumpffläche, die für uns erst recht nicht zu erkennen war, hielten wir gesenkten Hauptes unseren Schritt. Um uns nicht zu verlieren, tauschten wir hin und wieder ein paar Worte aus. Dabei wurde mir immer unklarer, was wir mit unserem Spaziergang eigentlich erreichen wollten, denn es war um uns herum kaum etwas auszumachen, wenn man von den immer größeren Kiefern absah, die mehr und mehr in unser Gesichtsfeld gerieten und die kleinwüchsigen Nadelhölzer und Birken nahe des Sees ablösten.

Allerdings veränderte sich auch nach und nach die Geräuschkulisse und begann langsam unsere Aufmerksamkeit in ihren Bann zu schlagen. Unterirdische Quellen und Flüsse, die seitwärts des Weges oder auch unmittelbar unter uns durch das

Geröll des felsigen Hohlbodens strömten, plätscherten und glucksten so verschiedenartig wie ein ganzes Wasserorchester. In nicht erkennbarer Ferne knarrten und quietschten den Ohren nach alte, rostige Schloßtüren in ihren Angeln, die wir später als übergroße, abgestorbene und oft gespaltene, marode Kiefern ausmachten, welche auf diese unheimliche Weise dem steten Wind ihren Tribut zollten.

Weder an das Knarren und Quietschen noch an das Gurgeln und Plätschern konnte ich mich schnell genug gewöhnen, um nicht von einer weiteren Überraschung aufs Unangenehmste in meiner bereits beflügelten Phantasie angestachelt zu werden. Der oberschenkeldicke Ast eines Baumes lag quer über dem unsichtbaren Pfad, den wir jetzt sicherer als zuvor unter unseren Füßen spürten. Noch bevor ich den vermeintlich gebrochenen Ast anpacken und beiseite räumen konnte, mußte ich feststellen, daß er, höchst lebendig, etwa 20 Zentimeter über dem Waldboden und quer über den Weg aus einer mächtigen alten Kiefer herauswuchs. Die naheliegende Frage, warum unser Weg direkt unter diesem niedriggewachsenen Ast hindurchführte, verband sich in meiner Einbildungskraft ganz schnell mit finsteren Höhlen und glucksenden und schmatzenden Trollen, die in dem felsigen Hohlboden ihre Heimstatt haben mußten.

Die knarrenden, alten Schloßtüren, deren Geräusche so gar nicht in die Landschaft hineinpassen wollten, erschienen für diesen Augenblick auch plausibel. Gleichwohl war das noch eine angenehme und märchenhafte Phantasie in Anbetracht der kommenden Ereignisse.

Nachdem wir über den Ast hinweggestiegen waren und, staunend wie in einem Abenteuerpark, etwa 20 Schritte weiterstolperten, trat ich auf einen Gegenstand, der sofort mein Interesse weckte. Ich ging in die Hocke und konnte nur erkennen, was ich an diesem Ort weder finden noch sehen oder begreifen wollte. Ein großer Knochen, ein Schulterblatt genau, noch blutig und nicht vollständig abgefressen, war mir in den Weg geraten.

"Kirsten!" Ich rief sie und versicherte mir selbst, mich zusammenzunehmen. Schnell war sie neben mir und blickte in dem dunklen Zwielicht ebenso angestrengt wie erschrocken auf meinen Fund. Instinktiv, so als wollte ich wirklich wissen, woher der blutige Knochen kam, sprang ich auf und rückte ein paar Schritte vor, den Blick auf den Boden geheftet. Kirsten entdeckte den nächsten Knochen. Und bald hatten wir, über eine kleine Lichtung verteilt, so viele Knochen gefunden, daß wir langsam zur Besinnung kamen. Viele davon waren nur angenagt und überall waren Blutspuren zu sehen. Unser Gesichtsfeld war zwar sehr eingeschränkt, aber wir hatten bald etwa 30 Meter im Quadrat abgesucht und waren jetzt unserer Sache sicher. Irgendein Tier, ein Rentier vielleicht, hatte hier, von tierischen Räubern zerrissen und zum großen Teil aufgefressen, sein häßliches Ende gefunden.

Wir waren uns unausgesprochen einig - wir mußten schnell weg hier und zurück zur Hütte. Ein Knüppel, ein Stein, irgendwas. Ohne ein Wort zu verlieren - Kirsten und ich hatten denselben Reflex -, begannen wir damit, unsere Umgebung nach einem nennenswerten Schlagwerkzeug oder Wurfgeschoß abzusuchen. Bei etwa 25 Grad minus war es nicht einfach möglich, einen Stein aus der Erde zu lösen, und bei dem dichten Schnee und dem tiefen Dämmerlicht war ein Knüppel oder ein brauchbarer Ast am Boden nicht so leicht zu entdecken.

Trotz unserer Eile und einer Sicht von vielleicht einem Meter konzentrierten wir uns zunächst voll darauf, etwas für unsere Bewaffnung zu finden. Leicht gequält und ein wenig verzweifelt tastete ich, ohne den Handschuh auszuziehen, über den Rand eines Findlings, während ich mich mit meiner anderen Hand auf dem großen Stein abstützte. Wenn es tatsächlich Wölfe waren, dachte ich noch, wird ein

Knüppel auch nicht viel nützen, schob aber meine Hand trotzdem immer weiter über den Rand des Minifelsens.

Plötzlich hielt mich unvermittelt etwas fest. "Du meinst auch, an dieser Stelle am ehesten ein Stück Holz zu finden", sagte ich zu Kirsten, weil ich sie hinter dem Stein wähnte, und gerade wollte ich sie noch bitten, meine Hand wieder loszulassen, da rief sie, etwa 15 Meter von mir entfernt, ich solle das noch einmal wiederholen, sie habe mich nicht verstanden.

Ich weiß nicht, ob ich zuerst schrie oder ob ich zuerst aufsprang und meinen Arm hochriß. Jedenfalls wuchs die Panik explosiv an, weil, was auch immer, meine Hand nicht ließ. Kirsten war sofort bei mir und brachte mich erst mit einem heftigen Stoß wieder zur Vernunft. Dann fühlte ich nichts mehr, aber ich hatte etwas in der Hand, weniger einen Knüppel als ein längliches Stück Wurzel, das einer sehr unförmigen Keule glich. Von inneren Spannungen und von einem plötzlichen Spieltrieb wahrscheinlich veranlaßt, schlug ich die Wurzel mit allem zu Gebote stehenden Schwung gegen den großen Stein, insgesamt zweimal, da beim ersten Mal am vorderen Bereich ein Teil herunterhing, der dann beim zweiten Mal am Boden liegenblieb. Kirsten bückte sich danach, um ihn dann wie einen Werkzeugersatz in beide Hände zu nehmen. So machten wir uns dicht hintereinander auf den Rückweg.

Aus heutiger Sicht würde ich meinen, daß wir enormes Glück hatten, unversehrt durch das Wetter und die Fastdunkelheit wieder zur Hütte zurückgefunden zu haben. Vielleicht war es aber auch dem Umstand zu verdanken, daß wir uns in keiner Weise mehr auf den optischen Orientierungssinn stützten, sondern allenfalls auf unsere Füße.

Immer wieder hatte ich auf dem Rückweg die seltsame Wurzel dicht vor mein Gesicht gehoben, bis ich spürte, woran sie mich erinnerte. Deshalb habe ich unweit der Hütte, als ich ziemlich sicher war, daß uns tatsächlich keine Wölfe folgten, das keulenähnliche Gebilde mit aller Kraft in die Richtung, aus der wir gekommen waren, in den Wald zurückgeworfen. Kirsten aber nahm ihr Stück mit in die Hütte. Erstaunlicherweise haben wir in der folgenden Nacht tief und fest und gut geschlafen.

Weil wir wußten, daß die Leute ihre Rentiere hier in den Wäldern frei laufen ließen, aber auch, um selber ganz sicher zu gehen, machten wir uns am nächsten Morgen auf einen Marsch nach Talvitupa, um für den Besitzer und Vermieter unserer Blockhütte die Nachricht zu hinterlassen, daß er uns so schnell wie möglich einmal aufsuchen möchte. Ich weiß nicht, ob unsere Bitte über Telefon oder auf einem anderen Wege weitergegeben wurde, aber kaum, daß wir auf dem langen Weg von der Nordstraße bis zu unserer Hütte wieder zurückgekehrt waren, da traf auch schon der Vermieter mit seinem Auto bei uns ein.

So gut es ging und aufs kürzeste zusammengefaßt, schilderten wir ihm mit Händen, Füßen, großen Gesten und Wörterbuch, was wir am frühen Nachmittag des vorangegangenen Tages entdeckt hatten. Wir waren bemüht, ihm unsere Sorge, es könnte sich um Wölfe gehandelt haben, so gut wie möglich zu verdeutlichen. Der Vermieter war seinerseits nicht zurückhaltend damit, mit allem Nachdruck unsere Sorge zu entkräften. So erfuhren wir, daß schon seit vielen Jahren keine Wölfe mehr über die russische Grenze gekommen waren und daß er, der Vermieter, sich das auch nicht vorstellen könne.

Während wir noch miteinander um eine umfassende Verständigung rangen, tat dieser Mann ganz überraschend für mich etwas sehr Erstaunliches, denn als Sägemühlenbesitzer war er tagein und tagaus mit Holz in allen Formen, Zuständen und Erscheinungen überstrapaziert. Von einer großen Neugier erfaßt, griff er sich das Stück abgespaltene Holz, das Kirsten gleich bei unserer Rückkunft am gestrigen Abend direkt neben den Kamin gestellt und bislang noch nicht fortgeräumt hatte. Er hielt es ans Fenster und betrachtete es mit einer Versonnenheit und Feierlichkeit, daß auch Kirsten und ich ganz still und andächtig wurden. Unvermittelt, als gäbe es nichts Wichtigeres mit uns zu besprechen, hielt er uns das Holz vor die Gesichter und wiederholte immer wieder hingebungsvoll ein einziges Wort: "Revontulet" - als würde er damit alles zum Ausdruck bringen, was es zu diesem Stück Holz oder zu der Situation noch zu sagen gäbe.

Irgendwann legte er das abgespaltene Wurzelstück geradezu vorsichtig an seinen Platz zurück und erklärte uns abschließend, ja fast endgültig, noch einmal mit freudestrahlendem Gesicht: "Revontulet". Er hielt den Arm ausgestreckt zum Fenster und mit der anderen Hand wiesen seine Finger wechselweise zum Dach der Hütte und auf den Kamin. Uns blieb bei einem Verhalten von dieser Ausschließlichkeit nichts anderes, als dem Scheine nach verständig und zustimmend zu nicken.

Erst nachdem er abgefahren war, wagten wir es, das Wörterbuch zu konsultieren. Das fügte unserem Unverständnis im ersten Augenblick noch ein weiteres Rätsel hinzu. Wir griffen uns das Objekt seiner übergroßen Freude und seines leidenschaftlichen Ausbruchs, um es genauer zu untersuchen. Als wir das Stück Holz ausreichend im Wasser von Erdresten und Schmutz befreit und gewaschen hatten und so hell, wie es jetzt war - es erschien fast weiß -, in das Licht des Tages hielten, setzte unser Begreifen ein. Wie ein züngelnder Flammenspiegel gab sich dem Auge eine Maserung in den unterschiedlichsten Rot- und Gelbtönen auf dem fast weißen Holz zu erkennen und ähnelte zweifellos aufs feinste einem zuckenden und wandernden Feuerspiel, das wir in dieser Jahreszeit und in diesem Lande am Himmel zum ersten Mal selber beobachten konnten.

Es gab keinen Zweifel, vom Nordlicht hatte er gesprochen.

Nordlicht

(Teil 2)

Wenn auch unheimliche Machenschaften und eine zunehmende Furcht in unserem vorübergehenden Lebensumfeld lange Schatten warfen, so sind sie doch klar zu unterscheiden von jenen Bedrängungen und Urängsten, die eine ungefragte Konfrontation mit den wirklichen Herrschern, Jägern und Räubern dieses Ortes aus der Welt der Naturgeister und Schamanen zum Leben erweckte.

Anderthalb Tage nach dem denkwürdigen Gespräch über das Nordlicht trafen wir unseren Vermieter abermals. Er stand vor unserer Hütte zusammen mit einer Gruppe von Nachbarn, die alle, ausstaffiert mit Jagdgewehren und Knüppeln, in großer Unruhe und etwas orientierungslos und in hohem Maße uneins dabei waren, eine lautstarke Debatte zu führen. Jedenfalls hatte ich so viele Pkws wie an diesem Morgen bis dahin und auch später nicht wieder gesehen.

Er fragte uns, offensichtlich mit Blick auf seine Jagdkameraden, ein wenig distanziert und mit nur einem Wort nach dem Platz, an dem wir das verendete Rentier gefunden hatten. Konspirativ senkte sich seine Stimme, als er uns einfach fragte: "Wölfe, wo ...?" Dabei beschrieb seine Hand einen Halbkreis über die vor uns liegenden Baumwipfel. Wohl weil ich ihm ernst ins Gesicht blickte und seine Frage mit gespieltem Entsetzen wiederholte, schüttelte er energisch den Kopf und gab uns zu verstehen, daß wir uns nicht beunruhigen sollten. Nachdem wir ihm mit Schneezeichnungen und Händen und Füßen den Weg beschrieben hatten, brach die Gruppe mit stummen Grüßen unverzögert auf und war bald im Wald verschwunden. Wir selbst waren gerade im Aufbruch nach Inari zu unserer Einkaufstour und hatten es jetzt besonders eilig, noch rechtzeitig an die Nordstraße zu gelangen, um unseren Bus nicht zu verpassen.

Dieses Ereignis ließ unsere innere Spannung sicherlich etwas ansteigen, doch auch verbunden mit unserer besonderen Aufmerksamkeit konnten wir auf unserem langen Weg zum Einkauf und zurück an diesem Tag nichts Außergewöhnliches beobachten noch aus den Schatten und Grenzlinien unseres Gesichtsfeldes herauslesen. Wir mußten allerdings mit Bestürzung feststellen, daß von unseren beiden vogelstämmigen Begleitern, die uns regelmäßig bis zur Nordstraße und dann wieder zurück folgten, nur noch einer den ganzen Weg bei uns war und mit uns gemeinsam am späten Nachmittag wieder heimkehrte.

Nein, an diesem Tag standen keine weiteren Überraschungen auf dem Ablaufsprogramm unserer Arbeitsroutine und fast unmerklich waren die letzten Stunden des Nachmittags bis in die frühe Nacht hinein vergangen, bis wir uns auf die letzte Gleitbahn unserer Träume und Gedanken auf unsere Schlafstatt mit allergrößter Zufriedenheit zurückgezogen hatten.

Laute, schabende Geräusche rissen uns deshalb um so überraschender aus dem friedlichsten Schlummer, laute, schabende Geräusche, die, gemischt mit Knacken von Zweigen und trippelnden Schritten, in unmittelbarer Nähe unserer Hütte nicht zu überhören waren. Bei der allgemein vorherrschenden Stille waren diese Geräusche emsigen Lebens derart unüberhörbar, daß kein Mensch imstande gewesen wäre, sie in seinen Träumen zu verarbeiten. Alle Spannungen der vorangegangenen Tage waren wieder freigelegt.

Bewaffnet mit einer der indessen wiedergefundenen Taschenlampen bewegte ich mich nach einigem Zögern dann doch zur Tür. Um mich während dessen zu beruhigen, führte ich zunächst ein einseitiges Gespräch mit Kirsten, in dem ich fast zeitgleich schilderte, womit ich gerade in der Hauptsache beschäftigt war und was ich in den nächsten Augenblicken zu tun gedachte.

Der Alptraum hatte viele leuchtende Augenpaare. Ich hatte wohl doch nicht erwartet, als ich die Tür öffnete, zu dieser Zeit, also mitten in der Nacht, an diesem Ort auf eine Sammlung hochaufmerksamer Waldbewohner zu stoßen. Ich jedenfalls schlug deshalb die Tür mit allergrößtem Nachdruck und aufs schnellste wieder zu und drehte eilig den Schlüssel in seinem Schloß bis zum Anschlag.

Kirsten, jetzt endgültig wach geworden, stand neben mir, und es ermutigte mich, die Tür trotz der unaufhörlichen Aktivitäten, die immer noch deutlich zu hören waren, noch einmal zu öffnen. Da wir, nun ein wenig besser eingestellt auf diesen Umstand, unverblümter zu Werke gingen und damit begannen, den für uns erkennbaren Ausschnitt vor der Tür zielstrebig auszuleuchten, konnten wir sehr schnell sehen, daß es sich bei den nächtlichen Ruhestörern um eine kleine Rentierherde handelte, die sich an der Baumrinde und dem Sumpfgras in der näheren Umgebung schadlos hielt. Auch die Schrecksekunde der Tiere hielt sich in Grenzen und keines von ihnen machte Anstalten zu fliehen. Wir konnten vermuten, daß es sich um eine an Menschen gewöhnte Herde handelte und waren hintergründig selbstverständlich zutiefst erleichtert, daß wir es nicht doch auf diese denkbar ungünstigste Weise mit Wölfen zu tun bekommen hatten.

Wir blieben noch lange wach, nachdem wir unsere Betten wieder aufgesucht hatten und fanden uns am nächsten Morgen etwas unausgeschlafen und später mit einem ausgesprochen leckeren Frühstück bald wieder aufs beste getröstet und zurechtgerückt.

Auf uns allein gestellt, fernab menschlicher Siedlungen und Gesellschaft, war jede unerwartete Begegnung mit Tieren oder fremden Menschen mit einem Spannungsbogen von Argwohn, Furcht und Aggression und späterhin, vorausgesetzt, die üblichen Rituale vorsichtiger Annäherung wurden eingehalten, endlich mit einer Kombination umsichtiger Zurückhaltung und vorsichtiger Öffnung von allen Beteiligten verknüpft. So waren weiträumige Begegnungen mit Menschen und Tieren in der Wildnis immer kleine Abenteuer für sich, wie man sie sich unter zivilen Verkehrsverhältnissen nie auszumalen vermöchte. Ohnedies wurde allein durch die Möglichkeit unerwarteter Ereignisse und nicht voraussehbarer Abweichungen unsere Aufmerksamkeit wacher gehalten, als wir es in unserem übrigen Leben gewohnt gewesen waren. Ein fortwährendes und stetig anwachsendes Interesse an allem und jedem in der unmittelbaren Umgebung wurde uns in dieser Situation zur zweiten Natur.

Besonders aus diesem Grunde suchten Kirsten und ich auch regelmäßig vor dem Schlafengehen das Plumpsklo gemeinsam auf, das, eingebaut in einen Lagerschuppen für Brennholz und Werkzeuge, etwa 50 Schritte von der Hütte entfernt, bei der üblichen Dunkelheit, die tatsächlich das Erkennen der eigenen Hand vor den Augen unmöglich machte, zu einem unheimlichen und unsicheren Ort wurde.

Während der Verrichtungen versicherten wir uns unserer Verbindung und Gegenwart, indem wir uns in einem beliebigen Dauergespräch unentwegt abwechselten. Bei einer Gelegenheit dieses geregelten Rituals geschah uns einmal etwas sehr Seltsames, das, verbunden mit Furcht, Mißtrauen und übler Phantasie und bis heute nicht aufgeklärt, dennoch von uns eher den Geschehnissen und Überraschungen, die man allgemein als Verkettung unglücklicher Umstände bezeichnet, zugeordnet wird.

Eine kurze Unterbrechung im Fluß der Konversation nämlich führte bei mir, der ich ausgerechnet zu diesem Zeitpunkt auf dem Donnerbalken saß, sehr schnell zu einem Aufkeimen schlechter Gefühle und Gedanken, die etwa in der Art, wie ich mir einen Überfall vorstellte, genau die Situation inszenierten, die ich mir als die optimalste Voraussetzung für ein derartiges Vorhaben ausmalen konnte. Am leichtesten, so stellte ich mir vor, ginge es vonstatten, wenn man Kirsten und mich zuvor auf die eine oder andere Weise vorübergehend voneinander trennen würde. Dabei wäre kein Ort und kein Umstand gerade geeigneter, als der gegenwärtige, einfach die Schuppentür von außen zu verriegeln, um ein entsprechend leichtes Spiel zu haben.

Noch rascher, als ich es erwartet hatte, verkrusteten sich diese üblen Empfindungen bei mir zu einem inneren Krampfen, als ich nach dem fünften Versuch, Kirsten auf der anderen Seite der Schuppenwand anzusprechen, um von ihr eine Antwort zu erhalten, vergeblich auf einen Laut von ihr wartete. Nur noch Sekunden ertrug ich diese Stille, und während sich meine Gedanken im Wechselspiel von Hoffnung und Furcht im Kreise jagten, etwa nach dem Motto "so etwas kann uns doch nicht passieren und auch noch hier nachts mitten in der Wildnis", so war für mich doch die tast- und meßbare Nagelprobe die eigentlich doch nicht erwartete Feststellung, daß die Schuppentür tatsächlich von draußen verriegelt war.

Noch während ich glaubte, der Schock teile mir den Brustkorb, gab es weder Zögern noch eine Besinnung von mir, um zweieinhalb Schritte zurück und dann, ohne Rücksicht auf meine Körperteile, gegen die Tür und der Länge nach mit ihr zusammen nach draußen in den Schnee zu stürzen.

Sofort richtete ich mich auf und rief in die Dunkelheit, aber von Kirsten war nichts zu hören oder zu sehen. Angetrieben von den übelsten Vorstellungen, die aufs kürzeste und wechselweise von dem kindlichen Versuch abgelöst wurden, die Situation schönzudenken, wirbelte ich, bis zum äußersten aufgebracht, auf dem kleinen Pfad der Hütte und, am hellen Schein des Feuers erkennbar, ihrer offenen Tür entgegen. Es gab gute Gründe für mich, Kirsten, die ich am Kamin sitzend, mit einem Becher Tee in der Hand antraf, als könne sie kein Wässerchen trüben, ihre von Verwunderung und Erstaunen gestützte Behauptung, sie wisse nicht, wie sie hergekommen sei, ohne jede Einschränkung abzunehmen. Obgleich wir später noch oft darüber gesprochen haben, fanden wir nie heraus, was in jenen Minuten zwischen

Hütte und Schuppen wirklich geschehen war.

Sehr wohl hielten solche und ähnliche Erlebnisse, die infolge besonderer Aufmerksamkeit und fremder Umgebung nur allzu natürlich erschienen, ein außergewöhnliches Maß an Wachheit und Intensität bei der Handhabung auch der geringsten Kleinigkeiten nahezu ununterbrochen aufrecht. Keineswegs jedoch waren diese Eindrücke und Erfahrungen auch nur oberflächlich zu verwechseln mit den Übergriffen und den Unabweisbarkeiten unerklärlichster und furchterregendster Ereignisse, die sich seit unserer Begegnung mit dem Ledergesicht, wie ich indessen den totgeschwiegenen Ortsschamanen in stummer Stimmigkeit nannte, in der Bari von Inari in immer kürzeren Abständen und immer heftiger in ihren Auswirkungen unseren Bemühungen, Normalität aufrecht zu erhalten, manchmal sogar schon fast vernichtend aufzwangen.

Jeder dieser Übergriffe und Einbrüche hatte, wie wir sehr bald begreifen mußten, eine in der Tat zwingende Gemeinsamkeit. Sie erinnerten mich alle mehr oder weniger unmißverständlich an meine instinktive Entscheidung, in jener Nacht das unheimliche Stück Holz, das auf dem Sterbeplatz des Rentieres so unbezweifelbar nach mir gegriffen hatte, so weit, wie es mir nur in diesen Augenblicken möglich war und wenn auch blind mit äußerster Kraft in den Wald zurückzuwerfen. Und alles hatte an diesem Ort mit Ledergesicht und dem Feuer, das eigentlich nicht brennen konnte, seinen Anfang genommen. Die unauflöslichen Gewißheiten jedoch, die sich seit dem Treffen mit dem seltsamen Norweger in Hamburg und seiner merkwürdigen Betrachtungsweise eines alten Gipsreliefs, das ich ihn auf seinen Wunsch bei jener Gelegenheit in Augenschein nehmen ließ, in mir verkeilt hatten, waren möglicherweise in mir inzwischen zu so etwas ähnlichem wie einer inneren Bestimmung geworden, die mir fast schon einen roten Faden der Erklärungen und des Begreifens meiner folgenden Abenteuer zu liefern begann.

Es entsprach einer plötzlichen Bewegungsfreiheit, die jemanden beschleichen mochte, der mit gerade erlernten Fähigkeiten, zu lesen und Schriften zu entziffern, für sich keinen Zweifel mehr daran aufrecht erhalten konnte, daß es da neben dem täglichen Überlebenskampf eines Individuums, umgeben von Gerüchten, Geschichten und aufgeblasenen Behauptungen, wesentlich Wichtigeres und mehr zu wissen und zu tun gab, als sich um seine allgemeine Anerkennung oder sein ureigenstes Wohlbefinden zu sorgen.

Wie ich es bereits an einigen Beispielen geschildert habe, waren Kirsten und ich durchaus mit dem Auftauchen ungewöhnlicher Phänomene oder unerwarteter Ereignisse auf vertrautem Fuß. Doch ebenso sicher waren, daran möchte ich an dieser Stelle noch einmal erinnern, jene Ereignisse, die ich eher einer schicksalhaften Front von Begegnungen und Angriffen zurechnen würde und die sich ausnahmslos dort oben im finnischen Teil Lapplands zugetragen und zu einem unausweichlichen Vermächtnis und nicht zurückzuweisendem Erbe zusammengeballt hatten, dessen letzte Konsequenz uns bis heute nur unvollständig klar geworden ist, und die jedem Vergleich und allem, was wir sonst bis dahin erlebt hatten, spotteten.

Es waren wohl drei Tage nach unserem Rentier-Reißplatzerlebnis, als Kirsten und ich mitten in der Nacht durch einen ohrenbetäubenden Lärm und auch noch im selben Augenblick geweckt wurden. Ein Lärm, als würde jemand mit sämtlichen Eßbestecken, die er auftreiben konnte, in einem Kochtopf als Klangkörper mit sich selbst darum wetteifern, wie schnell und wie heftig er Löffel, Gabeln und Messer in einer kreisenden Bewegung gegen die Topfwände schlagen und schleifen lassen konnte.

Der Krach kam eindeutig aus der Kochnische unserer Hütte. Meine Vermutung, es müsse sich wohl um eine Maus, die sich in dem abgestellten Topf mit den Bestecken verirrt hatte, handeln, wurde von Kirsten, die sich bereits mit der Taschenlampe auf den Weg gemacht hatte, um nachzusehen, nur mit der Bemerkung, ich solle doch herüberkommen und mir das selbst ansehen, kommentiert.

Der Lärm setzte sich unaufhörlich fort, als ich endlich neben ihr stand und im Lichtkegel der schwachen Lampe etwas zu sehen bekam, was unter anderen Umständen nicht einmal eines primitiven Scherzes würdig gewesen wäre, weil es nämlich so dumm und simpel aussah, wie es uns verständlicherweise in diesem Moment unmöglich erscheinen konnte. Der Topf, der auf keinem Hocker stand, sondern nur auf Hockerhöhe in der Luft hing, und von einer Hand, die keiner von uns zu sehen in der Lage war, fortwährend geschüttelt wurde, hatte darüber hinaus nichts Unheimliches oder Bedrohliches an sich. Kein Hilferuf und kein Stoßgebet änderten auch nur das geringste an dem, was wir sahen und hörten. Auf Hockerhöhe, und eben deshalb gut einzusehen, schüttelte den Topf irgendetwas wie wild hin und her. Nirgendwo aber war eine Maus oder eine andere Ursache, die das Offensichtliche erklärbar machen konnte, zu sehen.

Der Augenblick des Schreckens und die darauf folgende Paralyse wesentlicher Körperteile mochten sich für mich unendlich gedehnt haben, jedoch hatte Kirsten, von einem unerfindlichen Impuls getrieben, um die Ecke an den Kamin gegriffen und das abgebrochene Stück Holz von der verworfenen Wurzel mit dem Nordlichtmal darauf erfaßt und auf den Topf geschleudert. Augenblicklich fiel der auf den Boden zurück, und es war still wie immer. Wir waren uns einig, daß nicht mehr als eine halbe Minute vergangen war, seit wir von dem Lärm des Besteckes und des Topfes geweckt worden waren.

In derselben Woche noch, an einem späten Nachmittag, als die Finsternis begann, sich über das Zwielicht zu stülpen, begab ich mich noch einmal nach getaner Arbeit ein kleines Stück weit auf den Pfad, über den wir bei unserem einzigen zweckfreien Ausflugsversuch in die allernächste Umgebung unserer Hütte auf den Platz mit dem zerrissenen Rentier gestoßen waren. Nach einigen Metern blieb ich unschlüssig wie auf der Schwelle einer Tür einfach stehen und blickte schon etwas versonnen dem kaum zu erkennenden Trampelpfad nach, der sich durch

Erdmulden und um kleine Anhöhen wie um felsige Riesensteine in den Wald hineinschlängelte. Immer wieder suchten meine Augen seinen Fortgang und immer wieder verloren sie ihn schon nach wenigen Metern. Dabei wurde es sichtlich dunkler und dunkler.

Knall und Schlag im Rücken, die so stark waren, daß sie mich mit einer Bauchlandung auf den Boden beförderten, schrumpften mich im selben Augenblick auf einen starken Schmerz und den Reflex, mich wiederzufinden, zusammen. Erst als ich die Schmerzen von dem Schlag in den Rücken von denen im Knie und im Ellbogen, die durch den ungemilderten Aufprall auch in Mitleidenschaft gezogen waren, unterscheiden konnte, packte mich eine mir bis dahin unbekannte, innere Not. Das brachte mich auf den Weg zurück. Ein paar Schritte weiter verharrte ich kurz und drehte mich noch einmal um. Dort, wo ich eben noch gestanden und dann gelegen hatte, etwa 30 Meter von meinem augenblicklich sicheren Stand entfernt, zeichnete sich ein großer und schwerer Ast einen halben Meter über dem Pfad gegen das Zwielicht ab, der so massiv und lebendig aus der Kiefer ragte, als wäre er schon immer da gewesen.

Ich konnte mir einfach nicht mehr sicher sein. Mir genügten der Schmerz im

Rücken und die Furcht im Nacken. Wie um mich selbst zu beruhigen, schüttelte ich kräftig den Kopf und zog mich dann schnell in die nahe Hütte zurück. Kirsten hatte den Tee bereits auf dem Kamin, und die Wärme von innen und außen brachten mir schon bald das Glück eines kurzen Vergessens.

In der darauffolgenden Woche, es war auf unserem Einkaufsweg nach Inari, marschierten wir einigermaßen erholt im diffusen Licht des späten Morgens wieder unvoreingenommen auf unserem vertrauten Weg durch den Wald. Immer wieder fingen sich unsere schweifenden Augen in den Erhebungen und Hügelketten ringsum, die mit ihren Höhen von 100 bis 300 Metern in langgestreckten Linien den Horizont in überschaubare Stücke zerlegten.

Eine der höchsten Hügelketten, etwa auf der Hälfte der Strecke, fesselte regelmäßig unsere Aufmerksamkeit und Neugier von allen sichtbaren Anreizen entschieden am stärksten. Einmal in der Woche bekamen wir diese wunderschönen Berge zu Gesicht, die sich, wie felsige, waldbewachsene Riesenmauern, mit Eis und Schnee gepanzert, durch die übrige Landschaft aus Wald und Schnee und Felsgestein wanden, als wären sie erst gestern aus ihr herausgewachsen.

Besonders die höchste Erhebung von etwa 300 Metern war unseren Blicken vertraut wie eine persönliche Heimstatt. Oft hatten wir sie voller Neugier auf unserem Weg zur Nordstraße gemustert und kannten viele Details ihres Gesichtes. Schon in großer Entfernung blieben wir deshalb bei dieser Gelegenheit mit aufkommender Verwunderung und leichtem Erstaunen einen Augenblick stehen. Etwas stimmte diesmal nicht. Die Vorderfront des Hügels, sonst leicht zu übersehen wie eine Landkarte, lag bis fast an die Spitze seines höchsten Punktes verborgen in einem nachtschwarzen Schatten. Nichts von dem kleinen Berg war zu erkennen, außer seinem höchsten Kamm im morgendlichen Zwielicht, das sich über ihn hinweg in die übrige Umgebung aus Felsen, Bäumen, Schnee und Eis erbrach. Fast unbeschreiblich fremd hatte dieser Schatten doch etwas extrem Anziehendes, und nach wenigen Minuten setzten wir unseren Weg weiter fort, nur wichen wir dabei mehr und mehr von unserem ursprünglichen Kurs ab, und als wollten wir ein Geheimnis lüften, hielten wir fast automatisch auf den großen Hügel zu. Er lag ein wenig abseits von unserem Pfad zur Nordstraße zur linken Seite hin, und sein Schatten zog uns aus heutiger Sicht im zutreffendsten Sinne geradezu magisch an.

Eine Weile mußten wir schon gelaufen sein, als wir bemerkten, daß der Schatten an der Front des kleinen Berges auf die Hälfte seiner ursprünglichen Größe zusammengefallen war. Allerdings waren wir dem großen Hügel auch ein beträchtliches Stück näher gekommen.

Schlußendlich, als wir seinen Fuß erreichten, hatte sich der Schatten auf einen überschaubaren, vielleicht menschengroßen Fleck verkleinert. Kurz über einem felsigen Steilhang hatte er sich in der Mitte des kleinen Berges in ein Gestrüpp oder an einen Baum geheftet, so als wäre er schon ewig dort gewesen. Immer noch schwarz wie die Nacht schien er mir keine andere Wahl zu lassen, als die einmal begonnene Erkundung zu Ende führen zu wollen.

Im Kraxeln und Bergsteigen völlig unerfahren und für keine noch so geringe Höhe schwindelfrei, wollte ich es dennoch unternehmen, dem Schatten hinterherzusteigen. Um ganz sicher zu gehen, würde Kirsten unten die Stellung halten, während ich mich, fast gedankenlos und von einem anwachsenden Jagdfieber getrieben, den steilen Hang hinaufmachte. Einige Meter vor meinem Ziel wurde der Hang extrem felsig und klettersteil, und ich fand mich in einer Situation wieder, in die ich mich bei wachem Verstand und unter allen anderen Umständen nie hineinbegeben hätte.

Ich kraxelte also mit allen gebotenen Reserven den felsigen Steilhang hinauf und realisierte erst wenige Meter vor seiner Oberkante, worauf ich mich da eingelassen hatte. Ein Blick zurück den Hang hinunter genügte. Alles, auch der Schatten, war mit einem Schlag vergessen. Ich hatte zwar den Rand des leicht überhängenden Felsens erreicht, doch wußte ich plötzlich um nichts in der Welt mehr, wie ich die erforderlichen anderthalb Meter weiter nach oben kommen sollte. Unter meinen Füßen sah es noch schlimmer aus. So steil, wie es sich jetzt meinem Augen darbot, hatte ich dieses Stück Felshang nicht in Erinnerung. Noch mehr als mir der Weg nach oben unbewältigbar erschien, war mir der Weg nach unten versperrt.

Instinktiv, bevor mich die Panik voll übermannte, reduzierte ich mich auf meine engste Umgebung und suchte verzweifelt das allernächste Gesichtsfeld ab. Meine Knie sackten langsam ein, und meine Hände krallten sich an das Gestein. Da bemerkte ich zu meinem Glück die handliche Baumwurzel, die sich über den Rand des Felsens hinweg einen neuen Weg in das Erdreich geschaffen hatte und sich ganz wie der Haltegriff in einer

U-Bahn zum Zugreifen und Festhalten anbot. Der Gedanke, sie könnte brechen oder reißen, kam mir erst, als ich mit beiden Händen in ihrer zähen Schlaufe hing.

Für einen kurzen, schwindelnden Moment waren meine Füße frei. Dann konnte ich sie, und diesmal etwas besser, abstützen. Ich nutzte die Gelegenheit, um ganz kurz als Zeichen meiner Notlage meinen Arm zu schwenken. Doch währte dieser Versuch wirklich nur sehr knapp. Dann klammerte ich mich angstvoll und mit aufkeimender Verzweiflung wieder an die Wurzelschlaufe. Zwischen Himmel und Erde, so schien es mir, und mehr wollte mein Körper offensichtlich nicht darüber wissen, denn er bäumte sich auf und verspannte sich in jede Richtung, und Hände und Füße beförderten den übrigen Körper affenartig geschickt um seine eigene Länge höher, begleitet von maßloser Wut und anwachsender Furcht. Dann fand ich wesentlich besseren Halt neben einem gestrüppähnlichen Baum auf einer kleinen Einbuchtung, auf deren horizontaler Fläche sich eben dieses Gestrüpp und eine kleine Kiefer gesiedelt hatten. Nur zwei, drei Atemzüge und ein Blick in die Tiefe holten mich an den Rand der Verzweiflung zurück.

Wohl saß ich jetzt, aber auch fest im Berg und wußte nicht vor und nicht zurück.

Der Versuch, Kirsten ins Auge zu fassen, verursachte mir Schwindelgefühle und einen Blick nach oben zu werfen auch. Unnatürlich schnell vermutlich hatte ich mich entschlossen, einfach sitzen zu bleiben. Nicht aus Gründen der Selbstaufgabe oder fatalistischer Gefühlshemmung drückte ich mich aufs äußerste entschieden auf meine Sitzfläche. Vielmehr mochte ich schon auf Rettung von außen gehofft haben, etwa nach der einfachen Formel "sie werden dich hier schon rausholen". Die Überlegung, wer auch immer "sie" hätten sein sollen, die mich da "herausholen" sollten, und mit welch einem unbeschreiblichen Aufwand an Zeit sowie menschlichen und technischen Leistungen das mit Sicherheit verbunden sein müßte, belastete mich zu meinem eigenen Überlebensglück in jenen Momenten überhaupt nicht.

Eher spitzte sich meine Lage zunehmend auf eine Art selbstvergessene Zurückgezogenheit, wie ich sie vorher nie erlebt hatte, zu. So überraschte es mich auch nicht, daß ich, vielleicht in einem Rausch endorphiner Überladung, irgendwann damit begann, mich hin- und herzuwiegen. Meine wärmer und wärmer werdenden Hände hatten sich fest in das seltsame Gestrüpp verkrallt und trugen das Ihre zu einem starken Gefühl von Geborgenheit bei, das ich zu diesem Zeitpunkt mit allem an mir, was wach und beteiligt war, in einer unvergleichlichen Intensität erfuhr. Es war, als ob alles an diesem Ort und seine gesamte Umgebung mir unmißverständlich die letzte Gewißheit verschaffte, und gerade hier an diesem Platz, daß ich an diesem Ort am allerwenigsten etwas zu fürchten oder zu erleiden hätte. Und die Sicherheit, wie niemals in meinem Leben nicht auf mich allein gestellt zu sein, mir die Freiheit schenkte, alles tun zu können, was auch immer ein Mensch unter normalen Umständen kaum vermocht hätte oder gar nicht in der Lage wäre, auch nur zu versuchen. Am schwersten aber wog das Wissen, mir könne in diesem Schatten besonders und in dieser Landschaft im allgemeinen, gleich, was immer ich auch täte oder unterließe, überhaupt nichts zustoßen. Und ich erfuhr es nicht nur gleich einem Versprechen oder einem Gefühl geschützt zu sein, sondern unmittelbar und real, denn es war kein Gedanke mehr dazwischen, und ich hatte mit dem Abstieg begonnen. Teils rutschend, teils hüpfend, gelangte ich endlich wieder am Fuß des Hügels bei Kirsten an.

Wie ich zu Beginn den Felsrand überwinden konnte und was dort oben wirklich geschah, gehört, wie sicher jeder verstehen wird, bis heute nicht zu meinen Fragen.

Von Kirsten erfuhr ich auf dem Restweg zur Nordstraße, daß ich, nachdem ich ihr einmal kurz zugewunken hatte, sehr bald in dem kleinen Schatten verschwunden war und daß sie danach bis zu meiner überraschenden Wiederkehr nichts mehr von mir gesehen hatte.

Nordlicht

(Teil 3)

In den letzten zwei Wochen unseres Lapp-
landabenteuers machten wir erst die Erfahrung mit dem viel besungenen und
häufig geschilderten Nordlicht.

Obwohl wir zuvor viele Bilder von und
viele Beschreibungen über das Nordlicht
studieren konnten, war das Überra-
schende an unserer ersten Begegnung
mit dieser naturgewaltigen Erscheinung
die Tatsache, daß wir es als Nordlicht gar
nicht erkannten. Zunächst war da eine
haarsträubend elektrische Atmosphäre,
und das Gesichtsfeld des Sternenhimmels
fanden wir mit mehr oder weniger mild
strahlenden Schleiern bevölkert. Sie schienen aus sich selbst heraus zu leuchten und
ähnelten riesigen, in die Luft geblasenen
Tabakringen oder auch Fäden, die sich
unerwartet schnell über den Himmel bewegten und dabei noch schneller ihre
Formen wechselten. Zugleich breitete sich
mit dem Nordlicht, und hier handelte es
sich nur um die Anfänge seiner jahres-
zeitlichen Geburt, eine höchst beunruhi-
gende bis schwer zu ertragende Spannung aus. Kirsten und mich jedenfalls
hatte diese Unruhe, wie auch später des
öfteren, aus der schützenden Kaminfeu-

ergemütlichkeit unserer Behausung regelrecht ins Freie getrieben. Bei diesem ersten Mal waren wir sogar überzeugt, ein fast lautloser Lärm und unheimliche Aktivitäten hätten uns schlußendlich dazu veranlaßt, draußen nach dem Rechten zu sehen. Für wenige Momente hatten wir an den großen, schwarzen Vogel gedacht, der vielleicht wieder einmal sein Unwesen auf dem Dach unserer Hütte trieb. In dieser Nacht kamen wir kaum zum Schlafen.

Die darauf folgenden Tage waren so sehr vom Nordlicht und den Eindrücken, die es hinterließ, geprägt und bestimmt, daß wir außerstande waren, die damit verknüpften, spannungsgeladenen Ereignisse von jenen zu unterscheiden, die uns in der vorangegangenen Zeit ähnlich stark gefesselt und beschäftigt hatten. In diesem Sinne vermischten sich die unvergleichlichen Naturerlebnisse in unseren letzten Tagen in Lappland geradezu besänftigend mit nach wie vor nicht von der Hand zu weisenden Begegnungen der seltsamen Art.

Am Tage unserer Abreise machten wir uns ein letztes Mal, es war diesmal nicht wie gewohnt der Montag, auf unseren langen Weg durch den Wald zur Bushaltestelle an der Nordstraße, um von dort aus zum Umsteigen und wegen noch notwendiger Erledigungen nach Inari zu gelangen. Wir schritten mit eisiger Miene und schweigsam auf dem uns vertraut gewordenen Pfad, ohne noch einmal nach links oder rechts Ausschau zu halten, zügig voran.

Vielleicht lag es an der ungewöhnlich frühen Stunde unseres Aufbruchs oder daran, daß es nicht der übliche Wochentag war, an dem wir uns in diesem Teil des Waldes bewegten, jedenfalls begleitete uns an diesem Morgen kein einziger Vogel.

Nachdem wir in Inari unsere Rückfahrt nach Helsinki, mit dem Bus bis nach Rovaniemi und von dort aus weiter mit der Bahn in die Haupt- und Hafenstadt des Landes, gebucht und die Abfahrtszeiten geklärt hatten, blieb uns noch etwa eine Stunde, um das, was wir uns für diesen dörflichen Ort vorgenommen hatten, zu Ende zu bringen.

In der Poststation, in der wir wöchentlich unsere Briefe abgeholt und unsere eigenen zum Versand aufgegeben hatten, machte uns die immer freundliche Schalterbeamtin oder Postbetreiberin darauf aufmerksam, daß man uns gerne in unserer Stammbar noch einmal sehen wolle, denn dort gäbe es etwas abzuholen.

Wir konnten uns keinen Reim darauf machen, gingen jedoch, neugierig geworden, quer über den großen Platz, auf dem sich langsam der morgendliche Verkehr entfaltete und die Buslinien ihre Fahrzeuge bereit zu stellen begannen, auf unsere Bari zu. In guter Deckung und deshalb unbemerkt, waren wir an das große Schaufenster herangetreten, von dessen anderer Seite wir immer den Platz beobachtet hatten, wenn wir uns vor der Heimfahrt dort wärmten, während wir auf unseren Bus warteten, da hatte uns der Wirt schon gesehen und winkte uns eifrig zu. Vor ihm auf dem Tresen lag ein gut eingeschlagenes, längliches Paket, und es sah ganz so aus, als wäre das der Gegenstand, den wir ausgerechnet bei dem Inhaber, Gastwirt und Kellner unserer Tee- und Kaffeebar abholen sollten.

Ich entschied blitzschnell und zog Kirsten auf die Seite, nicht, ohne dem Wirt deutlich bestätigend zugenickt zu haben, und machte ihr dringlich klar, daß ich zu diesem Zeitpunkt unter keinen Umständen dort hineingehen wollte. Und ohne weitere Diskussionen entfernten wir uns etwas seitwärts von dem Schaufenster und überquerten dann fluchtartig den Platz wieder in der entgegengesetzten Richtung. Zu unserem Glück befand sich auf dieser Seite der kleine, supermarktähnliche Einkaufsladen des Ortes, den wir, als hätten wir nie eine andere Absicht gehabt, unverzögert aufsuchten.

Sofort, wie es sich für Touristen schickte, wandten wir uns den Auslagen in den Regalen, Korbständern und auf den kleinen Repräsentationstischen zu. Immer wieder wanderte mein Blick durch das Schaufenster auf den großen Platz, der sich, eigentlich noch gut überschaubar, gleichwohl mehr und mehr mit Bussen, Privatfahrzeugen und Fußgängern zu bevölkern begann. Es beunruhigte mich weniger, plötzlich den Gastwirt selbst auftauchen zu sehen, als der Umstand, daß er mit dem länglichen Paket unter dem Arm nur zögerlich vorankam, weil er sich ständig neu orientierte, als wäre er auf der Suche nach jemandem. Für mich gab es da keinen Zweifel, nach wem er Ausschau hielt, und ich verständigte mich mit Kirsten auf einen schnellen Rückzug tiefer ins Ladeninnere hinein. Noch nie waren wir in diesem Geschäft so weit ins abgedunkelte Ladeninnere vorgedrungen, denn zwischen den Werkzeugen, Gebrauchs- und Haushaltsgegenständen, die für das Leben in Blockhütten und Holzhäusern nützlich waren, fühlten wir uns unvermittelt wie in einem Warenlager aus dem Wilden Westen. Offensichtlich war nur der vordere Teil des Supermarktes auf Touristen und gelegentliche Laufkundschaft abgestellt. Aus dem Halbdunkel des Ladeninneren heraus mußten wir bald erkennen, daß unser Wirt auf seiner Suche auch dieses Geschäft nicht auslassen würde.

Als er eintrat, hatte ich mich mit Kirsten schon aufgeteilt, und während sie bemüht war, mit aufgezogener Kapuze und gebeugtem Rücken ihre Tarnung über der eifrigen Beschäftigung mit Gummistiefeln der unterschiedlichsten Größe aufrecht zu erhalten, beobachtete ich, verborgen hinter einem alten Holzregal, wie weit der gastfreundliche Baribesitzer wohl noch gehen würde. Zwischen ihm und dem Inhaber des Supermarktes kam es zu einem deutlichen, wenn auch kurzen Wortaustausch. Auf irgendeine Frage, die ich weder richtig vernehmen und mit Gewißheit auch nicht verstehen konnte, zeigte der Ladenbesitzer mit dem Daumen in unsere Richtung, und für einen Augenblick glaubte ich, unser Versteckspiel wäre vollends aufgeflogen. Die Eindringlichkeit, mit der der Ladenbesitzer unserem freundlichen Gastwirt etwas zu erklären begann, führte bald jedoch zu einer Lautstärke ihres Gesprächs, die dann auch unvermeidlich einige Wortfetzen zu mir herübertrug. Mehrfach hörte ich den Kaufmann so etwas sagen wie "Idne, Idne, Idnequapas ...". Die Besorgnis in seinem Tonfall war dabei unüberhörbar. Unserem Wirt zumindestens schien das zu genügen, um den Laden ebenso geschwind wieder zu verlassen, wie er ihn betreten hatte. Er hatte nicht einmal den Versuch gemacht, sich von dem länglichen Paket auch nur einen einzigen Augenblick zu trennen oder es gar an der Kasse zu hinterlegen. Für meine Erleichterung nahm ich mir deshalb nicht viel Zeit, weil ich mich sofort noch tiefer in das Ladeninnere begab, wo ich Kirsten vermutete.

So sehr sicher war ich, daß ich Kirsten hier hinten gefunden hatte, daß ich der leicht gebeugten Gestalt, die ich an der wohl dunkelsten Stelle, die es im Laden gab, antraf, sanft und doch auffordernd auf den Rücken klopfte.

Niemand kann sich meinen explodierenden Schrecken in jenem einen Augenblick auch nur im entferntesten ausmalen, als sich mir mit einer fast plötzlichen Drehung das Gesicht einer uralten Frau zuwandte. Nicht nur, weil ich nicht Kirsten vor mir hatte und auch nicht nur deshalb, weil ich gerade vieles wollte, nur nicht auffallen, sondern auch, weil dieses Gesicht das elementare Aussehen eines hügelgeborenen Felsens hatte, fühlte ich mich angesichts dieser entsetzlichen Offenbarung geradezu versteinert.

Als mich endlich meine Reflexe zur Flucht lösen wollten, packte die Alte mich mit einer Hand derart fest an meinem Oberarm, daß ich sofort an eine übergroße Rohrzange denken mußte. Mein erster krächzender Laut war wohl der Grund, weshalb sie ihren Mund öffnete, und kein speicheltriefendes Raubtiergebiß konnte ich mir so furchterregend vorstellen wie diesen leicht geöffneten Mund mit einem einzigen, deutlich sichtbaren Vorderzahn. Ihre undurchdringlichen, fast schwarzen Augen richteten sich wortlos und unzweifelhaft auf ihre eigene Hand, mit der sie meinen Oberarm unentrinnbar festgekrallt hatte. Meine Augen folgten ihrem Blick, und die nächste Welle des Begreifens warf mich förmlich gegen das Holzregal.

Ich weiß nicht, ob ich die Augen die ganze Zeit offen hatte oder ob ich mit geschlossenen Lidern für einen kurzen Moment weggetreten war, jedenfalls beherrschte der Anblick dieser Hand so sehr meine Sinne, daß es ein kleines Weilchen dauerte, bis ich merkte, daß außer mir niemand mehr zwischen diesen dunklen Regalen stand. Nur meine Erinnerung wurde noch lange von der hornigen Verwachsung verfolgt, die den Nagel und die Kuppe ihres Mittelfingers verunstaltete. Quer über den Nagel ihres Mittelfingers nämlich war in doppelter Bleistiftstärke, etwa acht bis zehn Zentimeter lang, ein seltsam horniges Geschwür gewachsen. Das, zusammen mit ihrem eisenharten Griff, hat mich in Wahrheit, wie ich heute weiß, nie wieder losgelassen.

Ich fand Kirsten wieder, die noch immer bei den Gummistiefeln stand und bedauerte, daß wir für jeweils ein neues Paar nun keine Verwendung mehr finden konnten. Wenn sie mir meine innere Auflösung vielleicht auch ansah, so verlor sie doch kein Wort darüber und übernahm einfach die Initiative.

Nachdem sie mich mehr oder weniger aus dem Laden herausgeschoben und mich mit freundlichen Ermunterungen fast bis zu unserem Bus gedrängt hatte, kam ich langsam wieder zu mir. Erst im Bus allerdings, mit der Aussicht eines festen Sitzes unter dem Hosenboden, konnte ich mich vollständig entspannen. Ein letzter Blick nach der vertrauten Bari und unserem gastfreundlichen Wirt traf unvermutet auf einen der wohl inzwischen selten gewordenen Schlittenstühle, der ungewöhnlich schnell angetrieben von einer alten Frau, nicht nur meine Aufmerksamkeit erregte. Ich glaube allerdings, daß nur mir dabei heiß und kalt wurde.

Wir näherten uns auf der Ölstraße und den Schienen in langen, geduldigen Stunden immer mehr dem Süden des Landes, und ich war erstaunt, welche wohltuende und herzerwärmende Wirkung allein der Anblick der strahlenden Sonne auf meinen Körper und mein Gemüt hatte, die wir seit vielen Wochen das erste Mal wieder zu Gesicht bekamen. Ich war gewiß nie ein Sonnenfreund und bevorzugte stets dunkle Zeiten und trübes Wetter, deshalb schlug mich diese Sonnenerfahrung fast aus der Verankerung, einfach, weil ich eine solche Reaktion von mir selbst am allerwenigsten erwartet hätte. Darüber hinaus lenkte nicht nur mich dieses strahlende Erlebnis und die vielen damit verbundenen Sinneseindrücke für die restliche Zeit unserer Bahnreise derart umfassend ab, daß die jüngsten Erlebnisse mit dem Dunkel des Polarkreises für eine kurze Weile hinter mir versanken und dem Gedächtnis und Fühlen aufs angenehmste fernblieben.

An Bord der Fähre eingecheckt und für die letzte Etappe unserer Heimreise bereit, wollten Kirsten und ich uns für den verbliebenen Rest unserer gemeinsamen Reise noch einmal den Ereignissen und dem Erlebten der zurückliegenden Zeit ausgiebig widmen, nicht zuletzt, um eventuell auch eine gemeinsame Konsequenz für unsere weitere Zukunft daraus zu ziehen. So recht zurück in die Zivilisation wollte von uns beiden eigentlich keiner, jedoch stellte sich für uns im Kern bei allen Schwierigkeiten und Fragen der zukünftigen Entwicklung eher das Problem, wie und weshalb wir unser unterdessen bewährtes Team über das Lapplandabenteuer hinaus aufrechterhalten konnten und wollten. Aber selbst dafür ließ uns der Plan der Naturgewalten zumindestens auf dieser Schiffsreise nicht den geringsten Raum, denn unsere Überfahrt wurde bis zu ihrem Ende von Orkanen und Winden der Stärke acht bis elf und einer entsprechend aufgebrachten See begleitet.

In den ersten Stunden sturmartiger Böen und aufgewühlter Wasser saßen wir noch im allgemeinen Speise- und Aufenthaltsraum der Fähre, nur, um uns als Unbeteiligte über endlose Zeiten die mit wachsender Begeisterung vorgetragenen Heldengeschichten eines popeyeähnlichen Matrosen anzuhören, der offensichtlich zur Besatzung des Schiffes gehörte. Während der Sturm schlimmer und schlimmer wurde, war er bemüht, dem kleinen Publikum an seinem Tische zu verdeutlichen, um wieviel schlimmere Stürme auf welchen schlingernden Kähnen in welchen mensch- und mausverschlingenden Meereswogen er bereits überlebt hatte. Für mich kamen das unkalkulierbare Stampfen des Schiffes und der endlose Redeschwall dieses Matrosen immer näher zueinander und ketteten meine Aufmerksamkeit bis fast zum Erbrechen. Dafür, daß der kleine und drahtige Popeye mit seinem etwas mehr als tennisballgroßem Kopf und dem handballgroßen Maul sein eigenes Theater und das des stampfenden Schiffes ungeniert und mit immer größerer Befriedigung sichtlich genoß, hatte der damit zwingend verbundene, suggestive Effekt auf mich erstaunlich lange auf sich warten lassen.

Irgendwann aber war mir doch so übel, daß ich den Raum verlassen mußte, und ich schickte mich dazu an, den verhängnisvollsten Fehler auf dieser Überfahrt zu begehen, den ich überhaupt unter solchen Umständen machen konnte. Längst seekrank geworden, redete ich mir ein, eine kurze Dusche könnte mir Erleichterung verschaffen. Es brauchte nicht lange, dann hatte die Enge der Duschkabine auf dem in alle Richtungen schlingernden Schiff ihr übriges getan und mir tatsächlich eine Erleichterung jener unerwünschten Art beschert, für die es keine Steigerung mehr geben konnte.

Bis zur Ankunft in Travemünde kehrte sich unablässig mein Innerstes nach außen. An eine weitere Klärung und Verständigung zwischen Kirsten und mir war aus diesen Gründen bis zuletzt nicht mehr zu denken.

In Hamburg wurden wir bereits erwartet, jeder von seinen jeweiligen Partnern und Freunden.

Drei Mütter

(Teil 1)

Ebenso wie mir erschien auch Kirsten unsere Rückkehr nach Hamburg und die große Mühe, die alle Freunde sich machten, uns angemessen zu empfangen, eher wie die endgültige Ankunft im Exil. Zumindestens fühlte ich mich das erste Mal in meinem Leben in Hamburg nicht mehr recht zu Hause und wäre jeder noch so kleinen Anregung oder Gelegenheit, weiterzureisen, umstandslos erlegen gewesen, wenn mich nicht die Fremdartigkeit und Tristesse meiner Geburtsstadt statt dessen geradezu in einen mehrtägigen Rückzug hineingenötigt hätte.

Zwischen der Lektüre tagesaktueller Zeitungen, stundenwährendem Fernsehkonsum und nicht zuletzt dem vergessensfördernden Wechsel zwischen Frühstück und Schlaf freundete ich mich dann allerdings doch in wenigen Tagen wenigstens vorübergehend wieder mit meiner alten Umgebung an. Strikt hielten Kirsten und ich uns an die Vereinbarung, von der Ausnahme gelegentlicher Telefonate abgesehen, uns in dieser Zeitspanne nicht persönlich zu treffen.

Das erste Gespräch, zu dem wir uns nach etwa einer Woche endlich zusammenfanden, versetzte uns fast übergangslos zurück in unsere alte Weggefährtenschaft. Es bedurfte keiner langatmigen Vergewisserungen, uns schnell darüber verständigt zu haben, daß keiner von uns beiden wieder richtig angekommen war in den Verhältnissen, wie sie uns vor unserer Zeit in Lappland, wenn nicht gerade traumhaft, so doch immerhin aussichtsreich und sinnvoll erschienen sind. Unserem Unbehagen waren Kanten und Konturen gewachsen. Eine vollständige Negativbilanz unserer Rückkunft zu erörtern, war unnötig, um uns bei dieser Gelegenheit unseres Wiedersehens klar darüber zu werden, daß wir mit unserer Lapplandreise etwas gemeinsam angefangen hatten, was uns beide nicht mehr loslassen wollte. Nachdem wir uns gegenseitig zugesprochen hatten, noch einmal alles zu überdenken und in uns zu gehen, verabschiedeten wir uns in der Gewißheit, ganz sicher bei unserem nächsten Wiedersehen zu beraten, wie wir schlußendlich unseren gemeinsam begonnenen Weg fortsetzen konnten.

Einige Tage lang trieb ich mich gedankenverloren und voller Fragen in den umliegenden Parks und Grünanlagen herum. Nach Pläneschmieden und Konversation stand mir nicht der Sinn. An einem jener Nachmittage jedenfalls saß ich einmal besonders lange und erschöpft von nichts unter einem großen Ahornbaum am Rande der Alster und konnte meinen Blick einfach nicht lösen von dem Gewirr der Äste und Zweige, die ihre Schatten auf die kleine Uferwiese warfen. Das Spiel von Licht und Dunkel hatte eine einschläfernde Wirkung auf mich, die jedoch immer wieder von kristallklaren, ungewöhnlich wachen Momenten unterbrochen wurde. Ich weiß nicht, wie lange ich diesem gespenstischen Wechselspiel zwischen halbwacher Aufmerksamkeit und unvollständigem Schlaf oder Dösen verfallen war, ich erinnere mich nur, daß es irgendwann für mich in einem Augenblick der halbwachen Aufmerksamkeit so aussah, als würde sich der Schatten eines großen Astes direkt über meinem Kopf in der Breite und in der Tiefe ungebührlich schnell vergrößern, so als wüchse er aus einem Spiegel heraus.

Mein natürliches Empfinden für die Realität mußte zu diesem Zeitpunkt bereits leicht gestört gewesen sein, denn dem unmerklichen Drang, mich diesem Schauspiel mit einem Ruck zu entziehen, wollte ich nicht nachgeben. Es war so, als ob ich das Heranpirschen eines Bösewichts hinter meinem Rücken vernahm und im Nacken spürte, aber mit meiner Reaktion zögerte, um ihn selber plötzlich und unerwartet überraschen zu können. Zumindestens war das mein letzter Eindruck, bevor ich von hinten unvermittelt einen derart heftigen Schlag zwischen meine Schulterblätter erhielt, daß für mich der Rest der verbliebenen Wirklichkeit wie ein dünner Faden zerriß.

Zusammengepreßt von allen Seiten fand ich wieder zu mir zurück, und der Tastsinn, merkwürdigerweise meiner Handgelenke und meiner Beine, verriet mir den Kontakt mit kalter, feuchter Erde, die nicht nur auf mir lastete oder mich von beiden Seiten her einschloß, sondern mich auch von unten und hinten unter spürbaren Druck setzte. Enge, Panik, also Angst, die mir unausweichlicher und fremder nicht begegnen konnten, zogen mein Innerstes mit einer kompromißlosen Plötzlichkeit zusammen, wie ich es zuvor nie erfahren oder später wieder erlebt habe.

Ersticken, ersticken, keine Luft, als wäre da nichts anderes. Aus für mich unerfindlichen Gründen schoß mir, auf den Punkt gebracht, jener Moment durch den Kopf, an welchem ich mich in dem fast dunklen Sumpfwald bei Inari im finnischen Lappland von einer Wurzel gepackt und festgehalten glaubte.

Als wäre damit eine Tür aufgestoßen worden, fand ich mich, wie nach einem überstandenen Zusammenprall immer noch leicht geschockt, in einem Zustrom frischester und ergiebigster Atemluft wieder. Zur gleichen Zeit lösten sich alle Fesseln, und ein schier endloser Platz mit von mir bis dahin nie gekannten Bewegungsfreiheiten nahm mich förmlich in sich auf. Die Stille, die sich auftat, hatte die Eigenart eines Blitzes, der in Zeitlupe einschlägt. Ich habe nie wirklich gewußt, daß, wenn jede Regung aufhört, auch kein Druck mehr existieren kann. Jeder denkbare Raum, jede nur vorstellbare Ferne erschien mir in diesem Augenblick wie das Aufschlagen berstender Körper und wie das Mahlen und Knirschen schabender und reibender Freßwerkzeuge. Kurz, eine ganze Welt, wenn es überhaupt eine zulässige Bezeichnung dafür gab, öffnete sich um mich herum, ohne daß ich mich zu unterscheiden wußte von ihr, gab es doch kein Innen und kein Außen. Und doch würde ich mich mit dem Verstand, der gegenwärtig meinen Schreibstift führt, dazu entschließen, es wie eine gleichermaßen endlose Höhle vollkommener Geborgenheit beschreiben zu wollen, deren Schatten und reflexionsloses Licht tiefe Eindrücke jeder noch so geringen Wölbung und jedes noch so kleinen Details in ein und demselben Blick erfaßte, ebenso wie zur selben Zeit die wahrscheinlich intensivste und umfassendste Übersicht, die ich mir ausmalen konnte, auf diese Welt und ihre gesamte Heimlichkeit auch nicht für einen kurzen Augenblick verlorenging. Vielleicht konnte diese Wahrnehmung deshalb gar nicht greifen, weil es sich tatsächlich weniger um eine Sicht als um einen weitreichenden und durchdringenden Kontakt handelte, der mir jede Möglichkeit eines wie auch immer gearteten Vergleiches ebenso entriß, wie ich bis heute kein Beispiel dafür finden konnte.

Wie sollte es mich da wundern, daß mich meine Denkgewohnheiten und meine Betrachtungsraster mehr und mehr eine rudimentäre Küche in dem, was ich als meine Umgebung auszumachen glaubte, erkennen ließen. Eine verlockende Mischung aus kaminfeuerrotem Flackern und waldgrünem Morgenlicht durchflutete mein Empfinden. Schatten und dunkle Fäden ohne Herkunft wechselten ununterbrochen ihre Orte und Plätze. Ob es sich um einen Kessel oder um eine Feuerstelle handelte, vermochte ich nicht endgültig zu erkennen, doch rückte mir diese seltsame Nische der in ihren Ausmaßen unbestimmbaren Höhle unaufhaltsam näher, bis sie sich in die Mitte einer nicht vorhandenen Blickrichtung eingefunden hatte. Der fadenartige Schatten, es konnte auch ein mittelgroßer Stock sein, der sich senkrecht, wie von zwei Händen gehalten, langsam aber stetig in einem Kreis herumbewegte und des Kreises oberer Rand riefen in mir immer noch die Vorstellung eines übergroßen Kessels hervor.

Eine Stimme von alles versprechender Sanftheit und gleichermaßen unbarmherziger Macht gebot mir, stehenzubleiben und mich durch keine Regung weiter zu erkennen zu geben.

Drei Mütter

(Teil 2)

Wie angewurzelt blieb ich stehen. Auch im Garten schien sich nichts mehr zu bewegen. Stille!

Es war derart still, daß ich meinen Atem deutlich hören konnte und darüber hinaus sein Echo, furchteinflößend laut in dieser Grabesruhe. Vor allem aber quälte mich die Sorge, wer außer mir meinen Atem noch hören konnte, dann, unvermittelt, erblickte ich, ich war mir nicht sicher, die Kontur vielleicht jener alten Frau, die mir im Hause bereits schon einmal vor die Augen getreten war. Wie ein verwaschener Schemen, oder waren es drei, huschte die Erscheinung mit aberwitzigen Sprüngen eine kurze Weile im Garten, soweit ich ihn übersehen konnte, hin und her. Eher wie ein Echo oder ein fernes Rauschen vernahm ich dann die Stimme wieder und glaubte zu verstehen, was sie raunte: "Nie durch die Pforte kehre zurück, von hinten betrete den Garten, und du bist willkommen wie zuhaus. Nie durch die Pforte, die Schwestern deiner Mutter verschlängen dich."

Wie auf ein Stichwort bin ich da losgesprintet, panisch und fast taub vor Furcht, vorbei an dem, was ich für das Haus hielt, vorbei an Gemüsebeeten und dem, was Büsche und Obstbäumchen zu sein schienen, nur fort, nach hinten, immer weiter nach hinten.

Irgendetwas rammte mich und mir war, als rutschte und rollte ich einen Hang hinab. Dabei überschlug ich mich, stieß mit den Knien, die ich angezogen hatte oder mit dem Nacken, mit dem ich meinen Kopf zu schützen suchte, mal gegen nachgiebiges Unterholz und mal gegen die harten Stämme irgendwelcher Bäume. Wie lange ich dann dalag und mir einbildete, endlich schlafen zu können, empfangen von meinem warmen Bett, das weiß ich nicht mehr, irgendwann aber der zunehmenden Ruhe überdrüssig, blinzelte ich doch einmal in mein Gesichtsfeld, und das erwies sich zunächst als angenehm dunkel und erweckte in mir den erfrischenden und klaren Eindruck einer sternenhellen Sommernacht. Dunkel, frisch und klar, vielleicht eher kühl war er auch, der wohltuende Mantel der Nacht, von dem ich mich umfangen fand, aber eine Sommernacht war das ganz sicher nicht. Kein Anlaß also, auf dem Boden noch weiter ausruhen zu wollen, erhob ich mich mit recht steifen Gliedern und stolperte aus den Schatten der Bäume und des Buschwerks auf den großen und gut beleuchteten Spazierweg jenes

Alsterparkabschnittes, in den es mich offenbar vor einigen Stunden verschlagen hatte.

Gerade war ich dabei, mich an meinen augenblicklichen Zustand und die kunsthelle Umgebung zu gewöhnen, da schoß, begleitet vom lauten Krachen brechender Äste und Zweige, etwa zwanzig Meter vor mir etwas oder jemand mit der Wucht eines flüchtenden Tieres aus dem Gebüsch auf den Parkweg und blieb erst stehen, als er oder es unter einer auf alt gefälschten Parklaterne anlangte. Mit ausgebreiteten Armen lief er unverzögert auf mich zu, um mich dann, wie Kinder es zu tun pflegen, wenn sie Flugzeug spielen, etwa in einem Abstand von zwei bis drei Metern zu umkreisen. Für einen kurzen Augenblick perplex, drehte ich mich um meine eigene Achse, damit er mir nicht aus den Augen geriet. Dabei konnte ich erkennen, daß er vermutlich indischer oder indonesischer Herkunft war. Mit einem für mich nicht deutbaren Akzent begann er mir während seiner Umrundung allerdings unmißverständlich diese Worte zuzurufen: "Freund der Nacht, hörst du mich, an der Küste liegt die Piste, so flieg mit mir, komm, flieg mit mir." Noch einmal und mit stetig größer werdenden Kreisen wiederholte er seine Ansprache, diesmal jedoch wesentlich weniger verständlich, um plötzlich abrupt stehen zu

bleiben und mit der Erzeugung motor-
ähnlicher Geräusche mit Zunge, Nase
und einem erstaunlich großen Luftvolu-
men vermutlich den Start einer fliegenden
Maschine zu simulieren, der ihn dann
wohl auch veranlaßte, ebenso überraschend, wie er aufgetaucht war, mit ausgebreiteten Armen davonzubrausen.

Kurze Zeit war er noch zu hören, dann
breitete sich geradezu unheimliche Stille
aus. Ein wenig verdutzt schaute ich ihm
hinterher, denn eigentlich war ich aus
nachvollziehbaren Gründen auf Überraschungen und Seltsamkeiten vielleicht
nicht gerade gefaßt, aber doch weitläufig
eingestellt. Zudem kam mir auch noch
die nahegelegene Universitätsklinik in
den Sinn, die mit ihrer großen psychia-
trischen Abteilung Seelen beherbergte,
von denen sich die eine oder andere im
Wege ihrer Abenteuer in den einen oder
anderen Park der näheren Umgebung
verirren konnte. Abgesehen davon, so
ergänzte ich meine Überlegungen, wäre
es in einer Großstadt wie Hamburg eher
ungewöhnlich, nicht von Zeit zu Zeit
auch auf eigentümliche Menschen zu
stoßen. Und doch sollte ich mich in diesem Fall mit meinen glättenden Gedanken und umwegigen Rationalisierungen
gründlich getäuscht haben in der Ausle-
gung der gerade zurückliegenden Ereignisse.

Mein spätes Begreifen nach einigen Mona-
ten änderte an dem Umstand nichts mehr,
eine nennenswerte Chance für meine eigene, schnelle Weiterentwicklung verpaßt
zu haben, denn ich hatte die erste Gelegenheit, mit einem menschlichen Zeugen
jener Welt, die ich gerade zu betreten begann, in ein fruchtbares Gespräch zu gelangen, kläglich versemmelt. Offenbar war
es viel leichter für mich, mich mit der
Vorstellung von einem durchgeknallten
Inder anzufreunden, als mich aus meiner
Deckung alltäglicher Projektionen und
Erwartungen herauszuwagen. Zu jener
fortgeschrittenen Stunde damals jedenfalls war ich froh, den Park bald hinter
mir gelassen zu haben, und mein Anspruch auf Schlaf und ergiebige Verdrän-
gung fand absehbar sein Ziel.

Mit neuem Elan und aufgefrischten Sin-
nen fand ich mich am nächsten Abend
unter irgendwelchen Vorwänden wieder
im Park auf dem Spazierweg ein. Es war
bereits späte Dämmerung, und absichtlich war ich zu diesem Spaziergang allein
aufgebrochen. Etwas ziellos streifte ich
durch die Parkanlage. Mir schien der
gestrige Tag sehr weit zurückzuliegen, so
weit, als lägen Wochen dazwischen, und
ein Empfinden nur fragmentarischer Erinnerungen von dem vorangegangenen
Abend hatte in meiner Gefühlswelt noch
Bestand. Schon nach einer kurzen Weile

wuchs der Orientierungs- und Erinnerungsverlust nach meinem Dafürhalten mit jedem Schritt an, denn immerhin war ich eigentlich auf der Suche nach dem Platz oder der Stelle, an der ich vermeinte, an einem großen Ahornbaum eingeschlafen zu sein. Zunehmend löste eine wohltuende Bedeutungslosigkeit mein angestrengtes Bemühen um Wiedererkennung und Rückbesinnung und meine langsamer werdenden Schritte in eine verhaltenere Gangart auf. Immer weniger fand ich mich dazu imstande, von dem etwas wiederzuentdecken, an das sich mein Gedächtnis so angestrengt zu klammern suchte. Fast schon erleichtert und entspannt war ich bald auf dem besten Wege, mich dazu durchzuringen, es heute abend dabei bewenden zu lassen, um mit gesunder Gliedermüdigkeit heimzukehren.

Da fiel mir doch der mächtige Schatten eines sehr großen Baumes ins Auge. Unweit von mir, umgeben von einer Gruppe stattlicher Büsche, schob dieser Baum seinen urwäldlichen Wipfel zum hörbaren Spiel mit dem Wind in das Sternenstrahlendunkel des nächtlichen Himmels hinein. Ich stolperte, unsicher geworden, in seine Richtung, denn vielleicht war dieses doch jener Ort, der so tief in mein Vergessen gesunken war, so daß ich mir, auch jetzt noch unsicher, kein klares Bild machen konnte. Längst hatte ich die

Buschgruppe erreicht und das niedere Gehölz eines nordischen Urwaldes betreten. Der Nieselregen hatte mich schon ganz gefangen, als ich zwischen Wachwerden und Halbschlaf doch wieder und mit brutaler Plötzlichkeit wußte, was ich eigentlich Wichtiges vergessen oder versäumt haben wollte, denn übermächtig und unabweislich stand er vor mir, ein kompakter, geradezu riesenhafter menschlicher Zwerg. Wenn er auch kleiner zu sein schien als ich, überragten mich seine Kraft, seine Präsenz und seine Direktheit doch eindeutig. Hätte sich das Ganze in absoluter Finsternis zugetragen, würde ich geglaubt haben, auf einen Elefanten geprallt zu sein. Alles in allem war es vielleicht bei meinem nächsten Versuch, genauer hinzusehen, eher der Anblick des krausköpfigen Afrolooks, der die Erscheinung ins Riesenhafte verzerrte, doch änderte diese Erkenntnis nicht das geringste an der massiven Bedrohlichkeit und der fremdartigen Gewalt, die von ihm ausging. Schwer war die in Decken und Lappen gehüllte Gestalt als menschlich auszumachen und meine Unfähigkeit, das Gesicht dieses Wesens zu erkennen oder gar zu ergründen, tat ihr beängstigend Übriges. Daß dieses Ungeheuer, das eben noch circa zwei Meter vor mir stand, plötzlich und offensichtlich mit beiden Händen auf meinen Rücken schlug und mich wie ein Kleinkind vor sich her fort vom langsam erstickenden Feuer auf den dunklen Teil des Waldes in Richtung Inselinneres zustieß, machte mich vollends willenlos. Kein Gedanke an Gegenwehr, kein Gedanke an Flucht. Nach wenigen Schritten schon hatte er mich an meinem Parka ergriffen und riß mich förmlich mit sich fort, tiefer und tiefer in den Wald, dessen Unwegsamkeit ich schmerzhaft unter meinen stolpernden Füßen und an meinen angeschlagenen Knien und Beinen zu spüren bekam. Viel zu sehr war ich mit der Unwegsamkeit, dem Stolpern und den Schmerzen beschäftigt, als daß ich die Dauer dieser unfreiwilligen Unternehmung oder die Länge der Strecke, die wir zurückgelegt hatten, zu bemessen imstande war. Als das Zerren und Stolpern plötzlich aufhörte, waren wir noch immer im Wald. Erst nach und nach schälte sich vor meinen sich an die Dunkelheit gewöhnenden Augen ein unerwartet steiler Hügel vor dem Hintergrund noch vorhandenen Restlichts einzelner Sterne, deren Abglanz durch die Wipfel drang, heraus. Sanfter als erwartet bugsierte mich der Gesichtslose auf diesen Hügel zu.

Dann traf meine ausgelaugten Sinne der nächste Schlag. Ich stand auf einem Felsplateau neben dem kleinen Riesen, der mir jetzt fast vertraut und zugewandt erschien und unternahm aufs schnellste den vergeblichen Versuch, meine Augen an das, was sich vor mir auftat, zu heften: nahezu blendend, in unerreichbarer Ferne, ein Licht von solch intensiver Leuchtkraft, daß mir bei größter Mühe kein Beispiel dafür einfallen will und sich jedweder Vergleich mit was auch immer ich kenne von selbst verbietet.

Wie lange wir, der Gesichtslose und ich, mit gerade diesem Licht jenen Abgrund von Finsternis, der sich unmittelbar vor unseren Füßen auftat, zu bemessen und zu deuten suchten, weiß ich nicht mehr. Es könnten nach meinem Empfinden Stunden, Tage oder gar Wochen gewesen sein. Diese gewaltige Unsicherheit im Zeiturteil rührte ganz sicher auch von der sich mit jeder Sekunde vergrößernden Tiefe und Schwärze, der wahrscheinlich unabsehbarsten Leere, mit der sich mein wässriger Blick je konfrontiert sah, her, und das vergleichslos intensive Licht am schwindenden Horizont wurde mehr und mehr zum wachsenden Wechselkern der saugenden Schwärze jenes Abgrundes, von dem sich nur noch die Spitzen meiner Füße zu trennen schienen.

Einer Riesenfaust im Nacken gleich riß mich eine elementare Gewalt nach hinten, hinweg von meinen Fußspitzen, und einen kurzen Augenblick fühlte ich, was eine Aschenflocke im Orkan nie bemerken könnte, um mir dann gewahr zu werden, daß es die finstere Saugkraft war, die sich, in meinem Kopf verdreht, längst dessen, was ich immer noch für meinen Körper halten wollte, bemächtigt hatte. Wenn nun das Saugen und die Schwärze und das Fehlen jeglichen Haltes, welches meiner plötzlichen Entwurzelung folgte, mir jede Selbstvergewisserung und Erinnerung streitig zu machen begann, so wuchsen im rasenden Sog zudem nur noch der Abgrund und, zerrissen zwischen Fall und Flug, die Echos meiner schreienden Seele.

Abgrund

Ein Schwindel hatte mich ergriffen, dem ein schier endloses Kotzen folgte, das dennoch in Bruchteilen von Sekunden vorüber war. Zumindest schien es so, denn daß mir auf diese plötzliche Verteilung über eine grenzenlose Fläche, die ich als nächstes zu erleiden hatte, irgendein Zögern oder die Aufrechterhaltung eines Ruhepunktes gelingen könnte, erwies sich als vollkommen illusorisch. Ich konnte mir einen Ruhepunkt in diesem Zusammenhang auch gar nicht vorstellen und die übergangslos einsetzenden Krämpfe, die dem Schwindel unmittelbar folgten, verschlangen schlußendlich die letzten Reste meiner mühevoll gewahrten inneren Fassade. Wie von einer fremden Kraft geschleudert, beschleunigte sich mein Flug maßlos und jedes Gefühl von mir für die Richtung und die Geschwindigkeit blieben dabei auf der Strecke.

Ununterscheidbar dehnte ich mich, ebenso wie alles um mich herum, in jede mögliche Richtung. Einem Dröhnen gleich, das bis in die entferntesten Winkel meines restlichen Bewußtseins drang, erfaßte mich eine Welle, die einen schwer zu ertragenden Druck freisetzte. Bis heute weiß ich nicht, ob ich überhaupt noch atmen konnte. Ich weiß aber, daß ich mich in diesem Augenblick meines infernalischen Erlebens fortgerissen fand von nicht wägbaren Wuchten, Massen und Gegenständlichkeiten, als wäre ich schon immer ein Teil solcher rasenden und wirbelnden Ansammlungen gewesen. Längst hatte alles, was vom fernen Abgrund noch zu bemerken war, selbst die Eigenschaft stürzender Massen angenommen.

Um den wachsenden Wahnsinn gegen sich zu kehren und wieder eine Absehbarkeit ins Spiel zu bringen, erschien mir zu dem Zeitpunkt nichts sinnvoller, als die Arme und die Beine nach einem Halt, vermutlich jedoch eher nach einem schmerzhaften oder gar tödlichen Aufprall zu strecken. Alles wäre mir da recht gewesen, dem zunehmenden Fortgang des Sturzes entkommen zu können, selbst in Anbetracht größter möglicher Schmerzen oder eines banalen Todes.

Ich war während dieser unbeschreiblichen Fahrt durch den Abgrund bereit und empfänglich für noch so kleine Änderungen oder Überraschungen, die versprachen, mich aus dem rasenden Griff zu erlösen. Jedes Gefühl für Stunden, Minuten oder Tage war mir lange schon abhanden gekommen, und mit der Unaufhörlichkeit des Sturzes begann ich mit immer größerer Genauigkeit verzerrte Gesichter, menschliche und tierische Körperteile, mit mir rasend oder an mir vorbeirauschend, aus dem schier undeutbaren Durcheinander von Geschwindigkeiten, Kollisionen sowie Flug- und Fallstrecken herauszulesen, da gesellte sich zu den übrigen Sortierungen verlorener Horizonte, wenn auch schleichend, die Gewißheit einer wohl verhaltenen, aber stetigen Bremswirkung.

Wie und wann ich überhaupt registrierte, nahe einer granitähnlichen Wand gleichsam in der Luft mit einem wenig spürbaren Aufwärtstrieb, getragen von mir unbegreiflichen Kräften und offensichtlich abgebremst, in einen Schwebezustand übergewechselt zu haben, konnte ich, meiner Verspanntheit und inneren Zerrissenheit geschuldet, nicht feststellen. Nur daß ich mich in einer langsamen Fahrt nach oben entlang jener Granitwand befand, verwandt vielleicht dem passiven Auftrieb im Wasser, und in greifbarer Nähe bis in schwer abschätzbarer Ferne, umgeben von einer zerklüfteten Felswand, die sich undurchdringlich und tunnelartig in jede Richtung außer nach oben oder nach unten allen vorstellbaren Versuchen, auf anderen Bahnen fortzufahren oder zu entkommen, nicht nur augenscheinlich widersetzte. Es brauchte schon eine Weile, bis ich erkannte, daß die Felswand in meiner Armreichweite nicht nur wilde und bizarre

Zerklüftungen aufwies, sondern daß gelegentlich unterschiedlich große und weiterführende Löcher vom Ausmaß einladender Höhlen bis zu kopfgroßen Öffnungen von nicht abzuschätzender Tiefe meinen zielstrebiger werdenden Augen in die Blickbahn gerieten.

Mit der Anstrengung dann, das nächst erkennbare Höhlenportal behelfs verzweifelter Arm- und Beinstöße zu erreichen, mußte ich in Verkennung der Verhältnisse jedoch kläglich scheitern, und obgleich sich mein rechter Arm dabei in einem der fußballgroßen Löcher verkeilen konnte und meine Hand reflexartig nach einem Halt zu suchen begann, hatte mich angesichts der verpatzten Chance, wenigstens in einem dieser Höhleneingänge wieder festen Boden unter die Füße zu bekommen, sofort auch abgründiger Schwindel und Panik ergriffen.

Im Widerstreit des Empfindens einer festen Verkeilung und reißender und stürzender Fallphantasien dauerte es doch eine schmerzhafte Weile, bis ich realisierte, daß meine Hand in dem fußballgroßen Loch möglicherweise bereits etwas ergriffen hatte, das mir und meinem gemarterten Körper festen Halt versprach. Während der größere Teil meines Körpers, bewegt bestenfalls durch eine leichte Strömung, mit merklichem Hin und Her und Auf und Ab wieder dem furchterregenden Sog in der Mitte des Abgrunds zuzutreiben schien, wurde gerade das durch den festen Griff meiner Hand an irgendetwas Wurzel- oder Holzartiges in der kleinen Öffnung genau verhindert, in die ich bis an die Schulter meinen rechten Arm hineingeschoben hatte.

Plötzlich hielt mich unvermittelt etwas fest. "Du meinst auch, an dieser Stelle am ehesten ein Stück Holz zu finden", sagte ich zu Kirsten, weil ich sie hinter dem Stein wähnte, und gerade wollte ich sie noch bitten, meine Hand wieder loszulassen, da rief sie, etwa 15 Meter von mir entfernt, ich solle das noch einmal wiederholen, sie habe mich nicht verstanden.

Ich weiß nicht, ob ich zuerst schrie oder ob ich zuerst aufsprang und meinen Arm hochriß. Jedenfalls wurde die Panik zur Alptraumexplosion, weil, was auch immer, meine Hand nicht ließ. Kirsten war sofort bei mir und brachte mich erst mit einem heftigen Stoß wieder zur Vernunft. Dann fühlte ich nichts mehr, aber ich hatte etwas in der Hand, weniger einen Knüppel als ein längliches Stück Wurzel, das einer sehr unförmigen Keule glich. Von inneren Spannungen und von einem plötzlichen Spieltrieb wahrscheinlich veranlaßt, schlug ich die Wurzel mit allem zu Gebote stehenden Schwung gegen den großen Stein, insgesamt zweimal, da beim ersten Mal am vorderen Bereich ein Teil herunterhing, der dann beim zweiten Mal am Boden liegenblieb. Kirsten bückte sich danach, um ihn dann wie einen Werkzeugersatz in beide Hände zu nehmen. So machten wir uns dicht hintereinander auf den Rückweg.

Aus heutiger Sicht würde ich meinen, daß wir enormes Glück hatten, unversehrt durch das Wetter und die Fastdunkelheit wieder zur Hütte zurückgefunden zu haben. Vielleicht war es aber auch dem Umstand zu verdanken, daß wir uns in keiner Weise mehr auf den optischen Orientierungssinn stützten, sondern allenfalls auf unsere Füße.

Immer wieder hatte ich auf dem Rückweg die seltsame Wurzel dicht vor mein Gesicht gehoben, bis ich spürte, woran sie mich erinnerte. Deshalb habe ich unweit der Hütte, als ich ziemlich sicher war, daß uns tatsächlich keine Wölfe folgten, das keulenähnliche Gebilde mit aller Kraft in die Richtung, aus der wir gekommen waren, in den Wald zurückgeworfen. Kirsten aber nahm ihr Stück mit in die Hütte.

In der behaglichen Nähe des Kaminfeuers wurde mir langsam der doppelte Charakter und die haarsträubende Dimension der Ereignisse, in die wir verwickelt zu sein schienen, überhaupt erst richtig klar und wir hatten in der folgenden Nacht weder tief, noch fest, noch gut geschlafen.

Risse und Sprünge

Es muß dennoch in dieser Zeit gewesen sein, daß ich mich irgendwann und wohl in einem tagtraumähnlichen Taumel auf der Schwelle der Tür zu jenem bedrohlichen wie auch verlockenden Zimmer oder Höhlenraum mit diesem im Boden eingelassenen, faßähnlichen Riesenkessel wiederfand, auf den ich vor nicht allzu langer Zeit schon einmal gestoßen war. Es war exakt der Ort, wo meiner letzten Erfahrung nach die drei Mütter hausten, wie mir auch Ledergesicht später unmißverständlich und bedeutungsschwer bestätigt hat.

Mein erstes Zaudern wandelte sich jedoch schon bald zu einer lauernden Furcht, die mit jedem Schritt, den ich in den Raum hinein tat, spürbar anwuchs. Während ich wie fremdgetrieben auf den seltsamen Kessel in der Mitte dieses höhlenartigen Zimmers mit großer Anstrengung vergeblich zuzulaufen versuchte, gebot mir eine verbliebene Mischung aus Instinkt und Verstand bald schon Einhalt. Wie aus der Wand trat auf der anderen Seite des Kessels in das diffus grüngraue Licht des unbestimmbaren Raumes eine von Tüchern und Laken verhüllte Gestalt. Ihre warmen, wohltönenden Worte, die dumpfen Trommelstockschlägen gleich mein Gehör vollständig vereinnahmten, machten mich schaudern: "Unerfüllt blieb deine Pflicht und Hausarbeit bei deinem ersten Besuch. So spute dich also und eile, bevor die zwei anderen dich finden, denn ich bin eine von den dreien." - "Was ...?", blieb mir nur, mit offenem Mund ihrer Behauptung entgegenzuhalten. "Der Sud der Dunkelheit, Junge, der Sud der Finsternis und Blitze muß gerührt werden", trommelten ihre Worte wie Paukenschläge auf mich nieder. "Wie rühren ...?", gab ich aufs äußerste bedrängt und stotternd zurück, und mein Zittern stellte mich in meiner ganzen Verwirrung bloß. Ihre Mahnungen aber füllten weiter den Raum, als sie ungerührt fortfuhr: "Unter keinen Umständen wäre dir die Flucht bei deinem letzten Besuch gelungen, hättest du dich nicht auf das fundamentale Wissen des Umganges verstanden und dich seines bedient." - "Wie Umgang ...?", brach es aus mir hervor. Die Gestalt aber war fort, und ich konnte in dem fast dampfenden Licht aus Nebel und Schlieren nicht den kleinsten Anhaltspunkt mehr für auch nur ein Überbleibsel ihrer Anwesenheit entdecken.

Also schob ich mich noch einmal langsam auf den Kessel zu. Diesmal jedoch war ich bestrebt, an dem im Boden eingelassenen Ungeheuer vorbeizukommen und war nicht wenig verstört, ihm auf diese

Weise und zügiger, als ich mochte, näherzukommen. Ich wollte mich noch gerade besinnen und losreißen, da fand ich mich dem Rührstock, der, offenbar von Strudeln eines blasenwerfenden, schmutzigen Suds getrieben, am inneren Rand des Kessels entlangschabte, auf Armreichweite gegenüber. Ein unbestimmbarer Instinkt ermutigte mich, ihn zu ergreifen. Ich spürte den Griff und den Zug des fließenden, wenn auch zähen Stromes und empfand es als naheliegend und erleichternd, der Bewegung jener blubbernden, dunklen Tunke in dem Kessel zu folgen. Sofort war mir, als geriete ich selber ins Kreisen, um auch noch mit zunehmender Geschwindigkeit fortgerissen zu werden, wer weiß, wohin.

Dann die Hand, die die meine am Griff des Rührstabes fest umschloß und aufs härteste meine kreisende Folgsamkeit unterbrach, die sich erst löste, als ich begann, im plötzlichen Verstehen meine Hand, ungeachtet des flüssigen Widerstandes, stetig in die entgegengesetzte Richtung der Ströme zu bewegen. "Rühre und schüre", klang es in mir auf, und das Vermögen zu unterscheiden, wo meine Hand begann und der Griff des Stockes endete, kam mir vollends abhanden.

Ungeheure Explosionen erwärmten den Rand endloser Weiten, verdichtet zu Fäden, die gegen alle Fernen und Kälten Partikel einfingen, welche trotz ihrer manchmal nur molekularen Größe auf des Genaueste von Ruhepunkt zu Ruhepunkt geleitet und im Wirbel gewaltiger Wuchten und im übrigen fast nicht vorhandener Einflüsse ihren Platz nach meinem Willen fanden. "Ohne Schwüre rühre, schüre", hörte ich noch den Abgrund singen. Das zu begreifen im Sinne des Wortes, erschien mir zu gering, der Anspruch, es zu beherrschen jedoch, ging mir zu weit, nur um mir zu verdeutlichen, welch zaubermächtiges Tun und Wirken mir mit diesem unerwarteten Wissen um jenes Rühren und gerade auch in Anbetracht der unwirtlichen Gastfreundschaft meiner neuen und doch uralten Mutter erschlossen wurde. Völlig überraschend und wie aus dem Nirgendwo und Überall schlug sie unversehens über mir zusammen, die heiße Welle, und brachte mich auf höchste Geschwindigkeiten.

Knall und Schlag im Rücken, die so stark waren, daß sie mich mit einer Bauchlandung auf den Boden beförderten, schrumpften mich im selben Augenblick auf einen starken Schmerz und den Reflex, mich wiederzufinden, zusammen. Erst als ich die Schmerzen von dem Schlag in den Rücken von denen im Knie und im Ellbogen, die durch den ungemilderten Aufprall auch in Mitleidenschaft gerissen waren, unterscheiden konnte, packte mich eine mir bis dahin unbekannte, innere Not. Das brachte mich auf den Weg zurück. Ein paar Schritte weiter verharrte ich kurz und drehte mich noch einmal um. Dort, wo ich eben noch gestanden und dann gelegen hatte, etwa 30 Meter von meinem augenblicklich sicheren Stand entfernt, zeichnete sich ein großer und schwerer Ast einen halben Meter über dem Pfad gegen das Zwielicht ab, der so massiv und lebendig aus der Kiefer ragte, als wäre er schon immer da gewesen.

Ich konnte mir einfach nicht mehr sicher sein. Mir genügten der Schmerz im Rücken und die Furcht im Nacken. Wie um mich selbst zu beruhigen, schüttelte ich kräftig den Kopf und zog mich dann schnell in die nahe Hütte zurück. Kirsten hatte den Tee bereits auf dem Kamin, und die Wärme von innen und außen brachten mir schon bald das Glück eines kurzen Vergessens.

Eine Traumvision in den folgenden Stunden der Nacht blieb mir mit allen ihren Details bis heute jedoch im Gedächtnis haften, denn selbst in diesem Traumbild habe ich Ledergesicht sofort erkannt, wenn er sich auch, eigentlich wie fast immer, in den Konturen irgendeines Halbschattens zu verstecken schien. Seine

Gegenwart setzte sich über alles andere machtvoll hinweg. Anfangs vernahm ich zunächst wie aus weiter Ferne fremdartiges Stimmengewirr, das mit der Zeit zu einem gesangsähnlichen Gleichklang anschwoll. Gespannt horchte ich auf die immer deutlicher werdenden, wenn auch unverständlichen Laute und Worte. Erst nach minutenlanger Aufmerksamkeit und vergeblicher Mühe, den rhythmischen Ruf- und Stampfgeräuschen etwas Vertrautes abzulauschen, glaubte ich langsam doch zu verstehen. Mein schweißtreibendes Suchen und Forschen wurde bald schon durch einige Worte, die ich, eingebettet in murmelnde und kreischende Geräuschfetzen, mehr und mehr zu begreifen mich anschickte, belohnt und abermals vor neue, unlösbare Rätsel gestellt. Es blieb mir etwa das Folgende im Gedächtnis: "Leichtfertig trennst du dich von deinem Holz. Von allen Stöcken, Knüppeln oder Wurzelklötzen unterscheidet es sich wesentlich und du kannst nicht darauf verzichten. In meiner Welt nämlich heiße ich es auch die Übermacht oder Brücke, die dich für immer mit dem Griff jenes Rührstockes aus dem Kessel der Dunkelheit und der Blitze verbindet, wenn du es, wie deine Mutter es dich lehrte, in deiner Hand zu führen dich mühst. Deine Mutter, die Mächtige, aus einem furchtbar alten Weibergeschlecht, wacht über dich. Niemals kannst du dich ihrem Griff entziehen. Der Volksmund hat aus dem Holz, das immer schon der Helfer mächtiger Taten war, in seinem einfachen Verstande den allseits vertrauten Zauberstab geschaffen. Über seinen Fadenschein als getarnte Stütze der Wanderschaft oder als Waffe zur Jagd und zur Verteidigung wandelte es sich im Unkenntnisreichtum ziviler Überlieferungen zu eben jenem Zauberstab, der am Ende einem Zierdolch gleicht. Aus dieser mißlichen Sicht konnte der zivile Mensch ihn, seinem tatsächlichen Wesen und Wirken entsprechend, forterfinden, doch bleibt er gerade in diesem Verständnis dem Gebrauch durch Menschenhand aufs trefflichste entzogen. Das Holz deiner Mutter aber wird dich finden und du wirst es gebrauchen. Sie, die, im tiefsten Ringen verankert, als die drei Mütter von Anbeginn der Zeiten wühlen und kämpfen und ohne Pause sich und die Ihren behaupten, teilen mit dir ihre Festung, ihr Heim wie auch mit deinem Bruder und deiner Schwester. Ist deine Mutter nun auch eine von diesen dreien und diese zusammen wie eine, so wird sie dennoch wie jede von ihnen die Kinder der jeweils anderen zwei verschlingen, wenn ein Zusammentreffen es begünstigt. Vermeide also unbedingt, den anderen beiden Müttern zu begegnen. Deine Geschwister hingegen sind dir nicht nur zugetan, sondern des Vermächtnisses und des Erbes wegen auf Gedeih und Verderb mit dir verbunden."

Wie beiläufig und wohl, um mir ermutigend zuzuwinken, hob Ledergesicht den rechten Arm, während ich glaubte, seiner schnell verrauschenden Stimme noch einmal die Worte: "Rühr' und mahle, reib' die Schale" abgelauscht zu haben. Seinem vollständigen Verschwinden folgte mit zunehmendem Verkehrslärm die Großstadtgeräuschkulisse irgendeiner mir durchaus vertrauten Umgebung.

Ebenso wie mir erschien auch Kirsten unsere Rückkehr nach Hamburg und die große Mühe, die alle Freunde sich machten, uns angemessen zu empfangen, eher wie die endgültige Ankunft im Exil. Zumindestens fühlte ich mich das erste Mal in meinem Leben in Hamburg nicht mehr recht zu Hause und wäre jeder noch so kleinen Anregung oder Gelegenheit, weiterzureisen, umstandslos erlegen gewesen, wenn mich nicht die Fremdartigkeit und Tristesse meiner Geburtsstadt statt dessen geradezu in einen mehrtägigen Rückzug hineingenötigt hätte.

Zwischen der Lektüre tagesaktueller Zeitungen, stundenwährendem Fernsehkonsum und nicht zuletzt dem vergessensfördernden Wechsel zwischen Frühstück und Schlaf freundete ich mich dann allerdings doch in wenigen Tagen wenigstens vorübergehend wieder mit meiner alten Umgebung an. Strikt hielten Kirsten und ich uns an die Vereinbarung, von der Ausnahme gelegentlicher Telefonate abgesehen, uns in dieser Zeitspanne nicht persönlich zu treffen.

Das erste Gespräch, zu dem wir uns nach etwa einer Woche endlich zusammenfanden, versetzte uns fast übergangslos zurück in unsere alte Weggefährtenschaft. Es bedurfte keiner langatmigen Vergewisserungen, uns schnell darüber verständigt zu haben, daß keiner von uns beiden wieder richtig angekommen war in den Verhältnissen, wie sie uns vor unserer Zeit in Lappland, wenn nicht gerade traumhaft, so doch immerhin aussichtsreich und sinnvoll erschienen sind. Unserem Unbehagen waren Kanten und Konturen gewachsen. Eine vollständige Negativbilanz unserer Rückkunft zu erörtern, war unnötig, um uns bei dieser Gelegenheit unseres Wiedersehens klar darüber zu werden, daß wir mit unserer Lapplandreise etwas gemeinsam angefangen hatten, was uns beide nicht mehr loslassen wollte. Nachdem wir uns gegenseitig zugesprochen hatten, noch einmal alles zu überdenken und in uns zu gehen, verabschiedeten wir uns in der Gewißheit, ganz sicher bei unserem nächsten Wiedersehen zu beraten, wie wir schlußendlich unseren gemeinsam begonnenen Weg fortsetzen konnten.

Inhalt

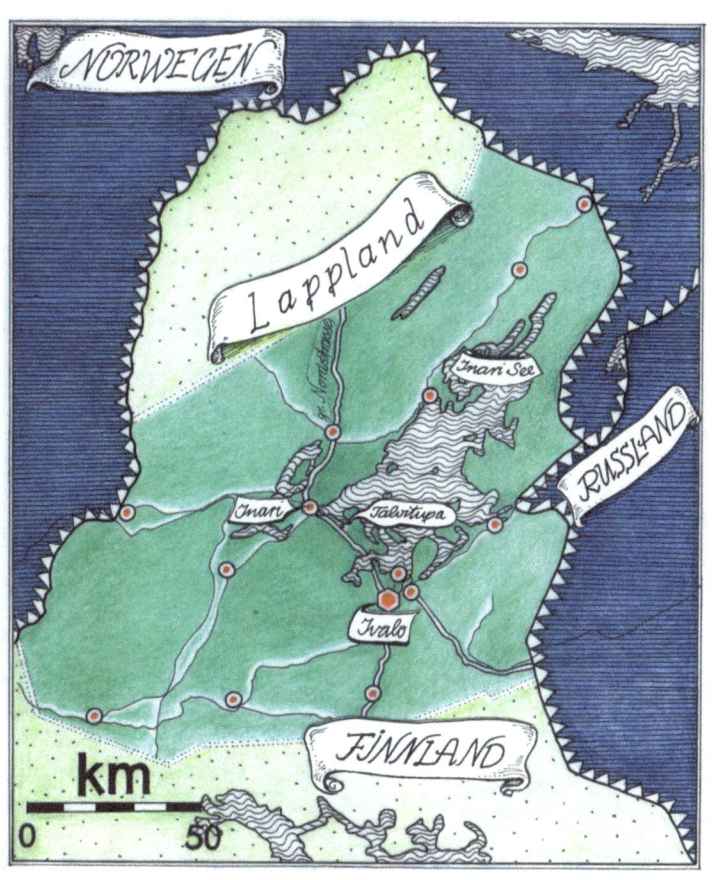

Über den Autor

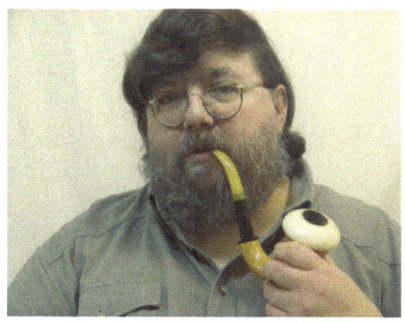

Helmut Barthel, geboren 1951 in Hamburg, schreibt seit seinem achten Lebensjahr. Sein beeindruckendes Werk umfaßt heute weit mehr als 1000 Gedichte, Sonette und Tiermoritaten, zahlreiche Aphorismen, diverse Kurzgeschichten und Prosaerzählungen. "Zauber kalt" ist sein erster Roman. Der Autor arbeitet als Verleger und Chefredakteur der elektronischen Zeitung *Schattenblick* und ist Verfasser nachhaltiger Fachartikel in den Bereichen Politik, Kultur, Philosophie und Sport. Seine Leidenschaft gilt der deutschen Sprache und die Dichtung ist seine Passion.

Lyrik-Lesungen
Dichterstuben

Eine Auswahl
von Helmut Barthel

im Kulturcafé Komm du

Lyrik-Lesung 1
vom 29. Mai 2013
ISBN 978-3-925718-29-8

Lyrik-Lesung 2
vom 7. August 2013
ISBN 978-3-925718-30-4

Lyrik-Lesung 3
vom 30. Oktober 2013
ISBN 978-3-925718-31-1

Lyrik-Lesung 4
vom 4. Dezember 2013
ISBN 978-3-925718-32-8

Lyrik-Lesung 5
vom 12. Februar 2014
ISBN 978-3-925718-33-5

Dichterstube

Kehricht
Band 1 und 2
von Helmut Barthel

Kehricht und Fegen,
zum Entsorgen frei.
Doch halt! Von wegen!
Noch ist was dabei.

Es mahnt mich an Reste
und mein langer Blick
eröffnet das Beste
vom Dichtergeschick.

(H.B.)

Band 1: ISBN 978-3-925718-26-7
Band 2: ISBN 978-3-925718-27-4

Zeitfracht Medien GmbH
Ferdinand-Jühlke-Straße 7
99095 Erfurt, Deutschland
produktsicherheit@kolibri360.de